Che incanto
   l'umanità dolente

La bellezza sacra e
   commovente delle
      fallibilità

I.T. → pag 242.

» LA GAJA SCIENZA «
VOLUME 1392

LUCE DELLA NOTTE

Romanzo di
ILARIA TUTI

LONGANESI

PROPRIETÀ LETTERARIA RISERVATA
Longanesi & C. © 2021 – Milano
Gruppo editoriale Mauri Spagnol

www.longanesi.it

ISBN 978-88-304-5722-5

I brani citati alle pagg. 53 e 106 sono tratti da *La strada* di Cormac McCarthy, trad. di Martina Testa, Einaudi, Torino, 2007.

Per essere informato sulle novità
del Gruppo editoriale Mauri Spagnol visita:
www.illibraio.it

LUCE DELLA NOTTE

Per Sarah

«Non si può toccare l'alba, se non si sono percorsi i sentieri della notte.»
Khalil Gibran

1

Canta e conta, si disse la bambina per allontanare il Buio.

Ma la notte non se ne andò. Le rispose con un lamento a labbra strette che si arrampicava sull'erba accartocciata dalla brina e crepitava sulla pietra del selciato, lungo il portico della casa, fino a raggiungerla e ad aggrovigliarsi al centro della pancia.

La notte fumava di nubi, Chiara le guardava arrotolarsi sulla strada che risaliva la collina, dalle vigne coperte di cristalli fin su, al limitare del giardino. Le sagome degli animali scolpiti nel legno sembravano allungare musi e ali per liberarsi dalla nebbia e trovare un respiro di libertà. Qualche fiocco di neve roteava nell'aria, passatempo di un vento che giocava a nascondino e agitava le piume rosee sulla schiena della bambina.

Chiara sentiva l'umidità attraverso le calze, il calore della lana contro la bocca, l'odore muschiato del gelo, quello del suo respiro, i rintocchi di una campana lontana. E quel mugolio, che, ora capiva, veniva da dentro.

Si voltò un'ultima volta a osservare la casa: la porta era chiusa, come per tenerla fuori, assieme alla paura;

l'edera divorava la costruzione fino al camino spento e ricadeva su finestre che riflettevano il visino pallido della bambina come in un gioco di specchi.

Quando tornò a guardare davanti a sé, fili di capelli si allungarono verso l'oscurità, risucchiati da una gola profonda. Il cielo era diventato un gorgo e lacrimava ghiaccio.

Conta, si disse ancora, il cuore matto.

«Canta e conta, il buio svanirà. *Uno*. Piccola fata, trema trema...»

Fu incapace di proseguire. Il numero successivo non saliva alle labbra.

Oltrepassò il cancello. Il peso leggero d'ossa di fanciulla faceva scrocchiare fogliame raggrinzito e neve gelata.

Il boschetto di acacie era rischiarato da luminarie tutto il tempo dell'anno. I fili di luci pendevano dai rami rugosi come collane scintillanti dal collo scarno e avvizzito di una vecchia.

Li oltrepassò sfiorandoli. Il vetro delle lampadine tintinnò, l'altalena emise un cigolio. Forse le fate della notte e dell'inverno giocavano a rincorrersi, invisibili.

Chiara fece ancora qualche passo, fino all'ultimo albero prima del grande buio. Appoggiò le dita sul tronco come avrebbe fatto con la guancia di un amico, se ne avesse avuto uno, e restò immobile in mezzo alla natura che il sortilegio dell'inverno aveva addormentato: qualcuno lo aveva ferito, tracciandovi solchi che ne avevano scorticato il fusto.

Il lamento tornò a levarsi, ma questa volta proveniva da fuori, dalle tenebre davanti a lei, che si muovevano masticando con lentezza ombre e foschia.

«Continua, continua... *Sei*. Vai avanti con coraggio.»

Chiara ricominciò a cantare, senza riuscire a dare un ordine ai numeri, ma una piuma la interruppe sfiorandole il naso.

La guardò appoggiarsi sul sentiero, sporca di sangue. Ciò che la turbò, tuttavia, fu che la terra era smossa, fino a rivelare le radici dell'albero. Doveva ripararle dal freddo.

Si chinò per raccogliere terriccio attorno alle arterie colme di linfa, ma ciò che fece, contro la propria volontà, fu affondare le unghie e scavare.

E più scavava, più le dita si macchiavano di rosso.

«Apro un cuore.»

Non capì il senso di quelle parole, né perché le disse, ma sentì il battito chiamarla attraverso la terra.

Era là sotto. C'era davvero. Un cuore bambino.

2

Teresa si strinse il giaccone addosso. Il gelo tormentava le ossa. La nebbia era densa, entrava nella testa, confondendola.

La casa sorgeva su una collina, poco sopra le vigne, a ridosso di una boscaglia che, al di là del promontorio, tornava a essere vigneto. Le tenute vinicole si alternavano a paesini di campagna. La natura colmava ogni spazio restante.

La vita umana e ogni sua opera erano luci lontane nel torbido pomeriggio invernale, boe disperse nel biancore che si muoveva sopra ogni cosa come un mare poderoso ma indolente.

Sembrava che il cielo fosse precipitato sulla terra. Le ispirò una citazione.

«Nessun organismo vivente può restare sano a lungo in condizioni di assoluta realtà; si crede che perfino allodole e cavallette sognino.»

«Che significa?»

Marini aveva atteso paziente accanto a lei senza dire una parola, quasi ne condividesse la perplessità.

Teresa si riscosse.

«Sono parole di Shirley Jackson. *L'incubo di Hill House*.»

«Mmh. Interessante che le sia venuto in mente *ora*. Come continua?»

«Più o meno così: La Casa sulla Collina, dove non era sanità ma follia, sorgeva in alto, isolata, piena di tenebra; là era stata per ottant'anni, e prometteva di restarvi per altri ottanta... e qualunque cosa vagasse là dentro, vagava in solitudine.» Era incredibile come i ricordi recenti si sgretolassero con facilità e altri più antichi calcificassero come un nuovo scheletro dentro di lei. «Ho amato quel romanzo.»

«Non stento a crederlo.»

La casa davanti a loro li stava attendendo. Le finestre accese di un bagliore soffuso, il camino fumante, il giardino addobbato con luminarie che respingevano le ombre ai confini più lontani del bosco, dove animali intagliati sembravano fungere da ultimi guardiani prima del buio. Un orso, uno scoiattolo, un'aquila in procinto di spiccare il volo. Era uno scenario da fiaba. Eppure.

Marini le sfiorò un gomito con il proprio. Entrambi tenevano le mani in tasca per cercare un po' di tepore.

«Sicura di volerlo fare? Era solo un sogno, commissario. Non c'è nulla di vero. Glielo hanno detto.»

La madre di Chiara le aveva spiegato fin da subito che era stato un sogno, sì, ma la donna le era parsa sconvolta. C'è qualcosa di vero, aveva sussurrato al telefono. Sembrava che Chiara avesse assistito a un fatto reale e continuava a tormentarli. Non potevano ignorare il suo turbamento.

Il tremore che correva nella sua voce aveva raggelato Teresa. Quella donna conosceva meglio di chiunque altro la propria figlia. Che cosa poteva spaventarla tanto, se non un dubbio atroce?

Teresa scrutò l'ispettore. Erano passati così pochi giorni dai fatti di Travenì, il loro primo caso assieme.

«Se ti pare inutile, perché sei qui, proprio oggi che cominciano le ferie?»

Per la bambina, per i suoi genitori, per senso del dovere... Per la mia approvazione?

Lui fece spallucce.

«Non avevo nulla da fare.»

«Certo, manca giusto una manciata di giorni a Natale.»

Lui affondò il viso perfettamente rasato nel colletto abbottonato del cappotto scuro e non rispose. Era impeccabile, come si era abituata a vederlo ogni giorno.

«E lei perché è qui?» le domandò.

Teresa non se l'aspettava. Dovette riflettere, prima di rispondere. Che cosa l'aveva indotta a seguire fin lì i passi di un sogno infantile?

«Sono qui perché se c'è qualcosa che non può ingannare» mormorò, «è la paura.»

E lei l'aveva percepita in quella madre. Ma era e restava solo una sensazione.

Marini la fissava, gli occhi assottigliati, la nebbia a contornarlo di fosco. Aveva qualcosa di luciferino in quel chiarore sofferente. Un diavolo malinconico, pronto a pungolarla a ogni passo compiuto: la sua coscienza. Chissà se si sarebbe fidato di lei, in modo così assoluto, folle, da arrivare a sacrificare le poche giornate di libertà, forse addirittura le uniche che avrebbe potuto trascorrere assieme alla famiglia nei mesi successivi, per seguirla in quella ricerca.

Teresa riportò se stessa alla ragione, con un respiro profondo che offrì la gola alle stilettate dell'inverno.

L'ispettore parve comprendere il dilemma in cui lei si dibatteva, sciolse il dubbio in un sorriso, con quell'ironia che gli piegava solo un angolo delle labbra verso l'alto.

«Allora non ci resta che vedere se ha ragione. Prima lei.»

Si incamminarono lungo il viottolo che portava alla casa. La terra sembrava fumare.

Un inferno spento.

3

Vista da vicino, la casa appariva accogliente. Era una villetta a due piani, con vasi di orchidee fiorite alle finestre e il sottotetto di larice.

Qualcuno poco distante assestava possenti colpi d'ascia, l'eco si propagava per la collina. Teresa intravide un giovane uomo vicino alla legnaia, i capelli umidi appiccicati alla fronte, gli abiti da lavoro.

«Salve!»

Al saluto di Teresa, l'uomo rispose con un cenno, l'accetta salda tra le mani, e si rimise al lavoro.

«Scusate, il mio compagno è molto riservato. Sono Giulia.»

La padrona di casa aveva una voce graziosa tanto quanto il sorriso con cui li accolse sull'uscio. L'assenza di trucco, i capelli castani legati in una lunga coda, la felpa fino alle ginocchia la facevano sembrare una ragazza, più che una donna fatta.

Teresa allungò la mano per stringere la sua.

«È un'ottima qualità.»

In realtà, si stava chiedendo se la riservatezza dell'uomo non fosse invece disaccordo. Probabilmente non condivideva la decisione della compagna e Teresa non poteva biasimarlo.

Era stato solo un sogno, l'aveva messa in guardia anche Marini.

Dopo le presentazioni, Giulia li precedette all'interno. Un po' agitata, sicuramente in imbarazzo. Il tepore pizzicò per un momento le guance di Teresa, irrigidite dal freddo. L'ingresso era rivestito di pannelli di legno tinteggiati di bianco; dal soffitto dondolavano cuori intagliati, fissati con filo argentato e chiodini quasi invisibili. Marini fu costretto a curvarsi, dopo averne colpiti un paio.

Giulia si fece consegnare giaccone e cappotto, li appese, poi fece strada lungo un corridoio decorato con un arcobaleno sgargiante che occupava pareti e soffitto. Questa volta, sopra le loro teste pendevano rami di nocciolo contorto, pigne e minuscole sculture di animali selvatici. Daini maculati e cerbiatti spiccavano salti per attraversare crepacci e ruscelli immaginari. C'erano anche alcuni disegni, attaccati con stelle adesive. Teresa si attardò ad ammirarli.

«Tutto bene?»

Marini la osservava.

«Mmh mmh. Sì.»

«Prego, venite.»

Accolsero l'invito della padrona di casa e la raggiunsero in salotto. Ciocchi profumati di resina erano stati gettati da poco sulle braci ardenti del caminetto, un meticcio dall'aria anziana stava scaldando le vecchie ossa sul tappeto; alzò appena un orecchio quando i nuovi arrivati entrarono nella stanza.

«Il suo compagno non ci raggiunge?» chiese Marini.

La donna rispose senza voltarsi. Stava spazzolando con le mani il divano destinato agli ospiti.

«Il cane ci sale quando sa di non essere visto, scusate.» Catturò dietro un orecchio una ciocca di capelli sfuggita all'elastico. «Alessandro ha molto lavoro da sbrigare prima che cali il buio. Se non è necessario...»

Teresa appoggiò la tracolla accanto a un tavolo robusto col piano tarlato ricoperto di pastelli e pile di fogli.

«Non si preoccupi» disse. «Quanti bei colori, che bei disegni.»

«Chiara ama circondarsi di colori. Desiderate qualcosa di caldo? Un tè, un caffè? Li ho appena fatti.»

«Tè, grazie» risposero all'unisono.

Marini la seguì con lo sguardo sparire verso quella che doveva essere la cucina, poi si voltò a cercare Teresa.

«Posto singolare.»

Lei si accomodò.

«Ci avrei scommesso che avresti detto qualcosa al riguardo, ispettore.»

«Non dovrei?»

«No, no, ti pare.»

«Non c'è nulla di male a essere cauti.»

Teresa prese il suo diario e lo aprì per le prime annotazioni.

Marini finalmente si era seduto. Aveva accavallato le gambe e dondolava un piede fastidiosamente.

«Scrive spesso su quell'agenda. Dettare al cellulare è più comodo.»

Teresa cercò di ignorare il tic nervoso del collega. Si accorse che anche lei stava masticando la penna.

«Lo faccio, ogni tanto» mormorò.

«Perché preferisce scrivere?»

«Perché si ricordano meglio le cose che si scrivono.»

«Ha problemi di memoria?»

Da qualche parte ticchettava un orologio. Ora Teresa poteva sentirlo bene, provocava un'eco anche dentro di lei.

«Commissario?»

Teresa chiuse il diario e si sgranchì contro lo schienale del divano, gli occhi chiusi. Marini osservava ogni suo gesto. La paura che le difficoltà in cui inciampava la sua mente fossero svelate la faceva sentire braccata da occhi troppo attenti. Sarebbe stato così per il resto dei suoi giorni, fino alla pensione? O fino al suo ritiro. In entrambi i casi, non mancava molto.

«Che ho detto che non va?»

«Niente, Marini.»

«Ha cambiato faccia.»

Teresa aprì un occhio.

«È che tutto ciò che dici è estremamente significativo, ispettore. Come fai?»

«Mi sforzo di avere un atteggiamento riflessivo.»

«Ah. Si vede.»

«Cosa?»

«Lo sforzo.»

Un miagolio prolungato terminò in un soffio rabbioso.

Marini trasalì e scattò in piedi.

«Che diavolo era?»

«Non ne ho idea.» Teresa batté una mano sul divano. «Siediti.»

«Qualcosa non va. Siamo qui da quanto? E non abbiamo ancora visto la bambina. Magari non esiste. Non ne sarei tanto stupito.»

Teresa guardò l'orologio.

«Siamo qui da dieci minuti scarsi.»

«Ho la sensazione che stiamo solo perdendo tempo.»

«Guarda che sei stato tu a dire di non avere nulla da fare.»

«Forse è il compagno ad aver fatto tutte queste decorazioni... Se lo vede? Io sì. Quel tipo è strano.»

Teresa sospirò.

«La bambina non la incontreremo mai, se non passiamo questo esame» disse abbassando la voce. «E tu non sei d'aiuto.»

«Che cosa dovrei fare?»

Teresa lo fissò.

«Smarinizzarti. Credi sia possibile?»

Giulia tornò con il tè ed era sola.

«Scusate l'attesa. Il gatto ha mangiato un'esca avvelenata qualche giorno fa e non si è ancora ripreso. Lo stiamo curando.»

«Povera bestiola. Se la caverà?»

«Il veterinario dice di sì. Anche questa volta.»

Teresa si accigliò.

«Capitano spesso? Casi di avvelenamento di animali domestici, intendo.»

La donna distribuì le tazze. La porcellana tintinnò, mossa dal suo tremore.

«Non agli altri.»

«A voi invece sì?»

Giulia si torse le mani, le asciugò sulla felpa.

«Solo due volte, ma ho idea che 'solo' non sia la parola adatta. Anche una sarebbe troppo.»

«Quando è successo la prima volta?» chiese Marini.

Ci pensò su.

«Credo fosse lo scorso gennaio, è passato quasi un anno.» Sembrò sul punto di continuare, ma serrò le labbra e distolse lo sguardo.

«E penso che lei conosca bene il motivo di tanto accanimento, giusto?»

Teresa accompagnò le parole con un sorriso che voleva essere rassicurante.

La donna sedette. Parlò rigida e cauta come se fosse davanti a una giuria.

«Due giorni prima che accadesse, la prima volta, Alessandro trovò alcune trappole nel boschetto dietro casa. Tagliole. Ci sono molti cinghiali su queste colline. Le tolse e sporse denuncia. Ci siamo fatti l'idea che la voce sia arrivata ai responsabili, ma non abbiamo prove.»

«Bracconieri?»

«Sì. Non li hanno mai presi.»

Teresa non aggiunse altro. Si spostò sul bordo del divano, come per andarle incontro.

«Credo sia venuto il momento di parlarci di Chiara e del sogno che tanto vi ha spaventato.»

Giulia prese un respiro profondo.

«L'ho vista in tv» disse indicando Teresa. «Quei fatti orribili accaduti a Travenì, i bambini... Lei li ha salvati.»

Teresa rimase in silenzio, non era il momento di contraddirla e rischiare di ottenere in cambio diffidenza, ma avrebbe voluto dirle che qualcun altro, prima di lei, se ne era preso cura, a modo suo. E quel qualcuno lei non l'avrebbe mai dimenticato.

«Ecco» continuò la donna, «ho pensato che potesse fare la stessa cosa per Chiara.»

Teresa posò la tazza. Non aveva bevuto nemmeno un sorso.

«La stessa cosa?» chiese.

«*Crederle.*»

Teresa avrebbe voluto farlo con tutta se stessa, ma il presupposto del suo incontro con la famiglia era effimero quanto una visione catturata nel dormiveglia. Un bosco, gli animali che aveva visto in giardino, un mistero che chiamava dal buio: il mondo immaginario di una bambina.

«Sono qui per questo» disse, semplicemente, «ma come le ho detto al telefono, e voglio ripeterglielo affinché sia chiaro, se dovesse emergere qualche elemento che mi farà capire che c'è davvero stato un crimine, allora dovrò mettere in moto un iter che forse non vi piacerà, e non piacerà a vostra figlia. Per il momento non sono qui in veste ufficiale.»

«Sì, me l'ha detto, ma volevo che fosse lei ad ascoltarla per prima, e non un'assistente sociale o chi altri per lei. Chiara è una bambina speciale. So che cosa state pensando, che tutti i figli lo sono. Chiara è *diversa*, questo vi direbbero in tanti.» Si passò una mano tra i capelli, li strinse in un pugno. «Lei lo ha già capito, vero, commissario? Sono stati i disegni? Ho visto come li guardava.»

Teresa aveva osservato un'assenza.

«Non c'è mai il sole.»

C'erano la notte, la nebbia, un temporale particolarmente oscuro, la luna e le stelle, la neve o tormente di foglie e fiori, ma il sole mai.

La madre della bambina si morse le labbra.

«Chiara è affetta da una malattia genetica rara. Il suo corpo manifesta reazioni violente se esposto alla luce solare: eritemi, congiuntiviti, prurito, fino a riempirsi di piaghe. Chiara è condannata al buio.»

«Da quando?»

«Aveva circa due anni. Ne compirà nove il giorno di Natale.»

Sette anni, pensò Teresa. Sette anni di isolamento, e chissà quante altre dure lezioni.

«Non è una bambina come gli altri» continuò Giulia con le lacrime agli occhi. Ora sì che sembrava una ragazzina. «È cresciuta in fretta, ha dovuto capire e accettare situazioni che alla sua età nessuno dovrebbe... vivere.»

«Stava per dire 'subire'.»

«Non siamo gente che si piange addosso.»

«L'ho intuito.»

«Chiara non inventerebbe mai una storia del genere.»

«Ne sono sicura. Sono sicura che per Chiara è tutto reale.»

«La sua paura, il bisogno di... di aiutare quella creatura *sono* reali.»

«Ci parli del sogno» disse Marini.

Giulia si asciugò le guance con la manica della felpa. Dall'orlo spuntavano solo le dita. Le unghie erano mangiate fino alla carne viva.

«Chiara ha descritto la macchia di acacie dietro casa. Ogni dettaglio era così preciso... Era buio.» Chiuse gli occhi, liberando altre grosse lacrime. «Il solito buio. Ha detto di aver seguito un lamento nella nebbia. Di essere arrivata a uno degli alberi e aver trovato...»

Attesero che continuasse, ma sembrava incapace di andare avanti.

Teresa temeva d'istinto la risposta, ma glielo chiese lo stesso.

«Che cosa?»

Giulia la guardò.

«La tomba di un bambino.»

4

Le lampade sfarfallarono per qualche secondo prima di spegnersi e restare buie.

« Capita spesso in questi giorni. Stanno lavorando alla rete elettrica. »

Giulia si era ripresa dal pianto che l'aveva lasciata senza forze. Teresa l'aveva fatta sedere accanto a sé offrendole un sorso del tè che non aveva ancora assaggiato.

Il fuoco nel camino agitava bagliori rossastri su cose e persone, riflessi di brace che a volte rubavano e altre cedevano terreno al chiarore azzurrino che penetrava dalle finestre.

« Va meglio? » domandò Teresa.

« Sì, grazie. » Giulia rigirava la tazza tra le mani. Soffiò sul liquido fumante e le parole uscirono in un sussurro.

« C'era una domanda che non mi faceva dormire la notte. Mi chiedevo quanto potesse sopravvivere senza luce, e con quali effetti sulle ossa, sulla vista, sul sistema immunitario... »

« Effetti pesanti? »

« Nulla che farmaci, integratori e un'alimentazione

corretta non riescano a tenere a bada, per ora. Ma era comunque la domanda sbagliata. Avrei dovuto farmene un'altra.»

«Cioè?»

«Si può sopravvivere alla solitudine? *Questo*, avrei dovuto chiedermi, e a *questo* penso ogni giorno.»

La tazza le scivolò dalle mani. Il liquido si allargò sul tappeto, una macchia scura che impressionò Teresa. Raccontava più delle parole e delle lacrime. Giulia si alzò senza raccogliere la tazza e si avvicinò alla finestra, lo sguardo perso nel biancore opalescente.

«Chiara non può frequentare nessuno, a parte la famiglia?» domandò Marini.

La donna rise tristemente. Aprì la finestra, respirò nebbia. Divenne lei stessa nebbia, così inafferrabile nel suo tormento.

«Potrebbe frequentare chiunque, ma nessuno vuole frequentare lei.»

«Che cosa è successo?»

Giulia chiuse le imposte, con lentezza.

«La prima volta fu un pomeriggio, alla festa di compleanno di una bambina della sua età, figlia di una mia collega.»

Teresa aprì il diario e iniziò a prendere appunti, ma nella penombra faticava a mettere a fuoco le lettere.

«Che lavoro fa?»

«Insegno nella scuola elementare del paese. Sono io a occuparmi dell'istruzione di Chiara.»

«Che cosa accadde quel pomeriggio?»

«Alcuni invitati si misero a ridere quando la videro e la chiamarono 'mummia'. Ingenuamente, avevamo cercato di coprire ogni centimetro della sua pelle per proteggerla.»

«I ragazzini possono essere tremendi con i coetanei» disse Marini.

«I ragazzini? Furono i genitori a dirlo.»

La donna si passò di nuovo una mano tra i capelli scompigliati per rimetterli in ordine. Li tormentava da quando Teresa e Massimo erano arrivati, ma forse erano le emozioni che cercava di tenere a bada, costringendole in un nodo.

«Poi quel nomignolo divenne un gioco che passò di bocca in bocca tra i bambini, all'infinito. Per Chiara fu una tortura. Aveva solo sei anni. Qualche giorno dopo, iniziarono le telefonate: molti volevano sapere se la malattia di Chiara era contagiosa e che cosa pensavamo di fare per tenere i *loro* figli al sicuro.»

Passò all'altra finestra. Ancora nebbia in gola, ancora ombra che calava sulla stanza.

«La seconda volta fu colpa mia e di Alessandro. Ci riprovammo a casa nostra, una sera d'estate. Organizzammo una festa. Chiara era così felice, per nulla spaventata. Avete mai notato come i bambini riescano a dimenticare il male patito? Ogni torto, persino il più terribile. Lei era già pronta a ricominciare, ma era così diversa dagli altri. Pallida, con gli occhialoni da sole per proteggerla dal tramonto. Aveva insistito per accogliere gli amichetti prima che la sera scendesse del tutto: immagino fosse un invito a incontrarsi a metà strada. Non abbiate paura, voleva dir loro la mia bambina.»

Teresa non riuscì a dire una parola. Giulia chiuse l'ultima imposta e il buio calò sul gonfiore che le segnava il profilo. I tizzoni nel camino erano ormai un fuoco svogliato.

«La verità è che Chiara appartiene alla notte. Se penso al nome che le abbiamo dato, lo trovo strambo.» Stava mormorando nell'oscurità. Forse, *all'*oscurità. «I bambini cominciarono a giocare, tutto stava andando così bene... Ma – c'è sempre un maledetto *ma* – Chiara iniziò a perdere sangue dal naso. A quell'età le capitava spesso. Così bianca, con il sangue che colava...»

Accese un fiammifero e lo accostò a una candela. Come tremavano le sue mani. Le ombre si ritirarono e lei guardò Teresa negli occhi.

«Qualcuno iniziò a urlare, spaventando anche gli altri. Quel giorno la chiamarono 'vampiro'. Era solo sangue dal naso, solo sangue, ma Chiara si ritrovò ancora una volta sola. Non ci abbiamo più riprovato.»

Attese, e Teresa capì che dalla propria reazione sarebbe dipeso il resto. Forse la storia di Chiara e del suo sogno sarebbe finita così, nel suono malinconico di quella sentenza. O forse no.

Si alzò.

«Giulia, credo di aver compreso le prove che sua figlia ha dovuto affrontare, e ne sono addolorata. Capisco anche perché lei ce le abbia raccontate. Lasciamo però a Chiara la decisione se fidarsi o meno di noi, che ne dice?» Sollevò i palmi, come a mostrare di essere disarmata. «Chiedo solo di ascoltare ciò che vorrà dirmi, senza pregiudizi.»

«Vi porto da lei.»

5

Teresa iniziava a sentire addosso quella casa. I colori, così vividi anche nella luce smorzata, erano lenimento che colava sugli animi. Come un balsamo, ricoprivano le ferite che incidevano quel tessuto familiare, lacerato eppure pulsante. Teresa poteva tastare la consistenza di ciò che le aveva colmate: un'umanità tanto dolente quanto dignitosa, un amore autentico perché disperato. Lo aveva vissuto, molto tempo prima, per un figlio mai nato.

Salì le scale seguendo Giulia, Marini dietro di lei.

Prendimi, se cado, le venne da pensare con un senso di vertigine. E stava cadendo davvero, nella vita, un'altra volta. Un volo della mente verso il basso.

La vocina infantile giunse dal pianerottolo, un canto fatto di parole sfuggenti.

Giulia disse loro di attendere ed entrò tirandosi dietro la porta. Vi rimase qualche minuto, un tempo di bisbigli tra una madre e la propria creatura, durante il quale Teresa e Marini non si cercarono negli sguardi e nemmeno nelle parole, poi Giulia dischiuse l'uscio e fece loro cenno di entrare.

Allora Teresa sentì la mano di Marini sulla schiena e le parve di afferrare la parola «coraggio» detta in un sussurro.

Forse quel ragazzo aveva intuito quanto fosse difficile avere di fronte un bambino nel loro lavoro. Vittima o testimone, poco importava: a quei piccoli veniva sempre estorto qualcosa, anche se a fin di bene.

Giulia si era seduta sul letto, dietro di lei una figurina dai contorni illuminati. Tutta gomiti e ginocchia, a giudicare da ciò che spuntava, e lunghi capelli biondi. Una lampada notturna a batterie proiettava costellazioni sul soffitto e sulle pareti ricoperte di poster. Teresa si chiese se fosse la mappa emozionale che la ragazzina aveva tracciato di se stessa: cielo notturno ovunque, ma quante stelle, quanti pianeti, che forza portentosa per continuare a ruotare centrata sul proprio asse, nonostante altre infinite forze contrarie.

«È una cameretta davvero molto interessante, vero Marini? Da intenditrice.»

Lui la guardò stralunato.

«Sì, direi di sì» rispose. «Apprezzo molto l'illuminazione.»

«L'illuminazione? Ah, già. Ho sentito la roba che ascolti in macchina. Tu non sai nemmeno da chi siamo circondati.»

Lui studiò uno dei poster da vicino. Come gli altri, raffigurava una giovane donna dagli occhi scuri luccicanti e i capelli vaporosi semicoperti da un mantello con la cappa.

«Direi di no... Steffi...»

«Stevie.»

Era stato un bisbiglio. Teresa girò su se stessa.

«Chi ha parlato?»

Una manina spuntò da dietro la spalla della madre.

«Ah, ma allora ci sei! Fatti un po' vedere, fan di Stevie Nicks.»

Giulia si scostò e sua figlia si mostrò finalmente a loro.

Che gran bellezza e quanta paura sul visino diafano, quanto coraggio per esporsi al giudizio di estranei dopo le esperienze passate. Lunga e sottile come uno spago nei leggings a righe e la maglietta con il disegno di un gattino vampiro, la bambina stava di fronte a loro con la grazia di una principessa del Nord, dove i raggi del sole erano sempre inclinati e penetravano nelle trasparenze dei ghiacci. I piedi nudi mostravano unghie dipinte d'azzurro, come il soffitto della stanza.

Teresa sorrise.

«Ciao, Chiara. Io mi chiamo Teresa e questo è Massimo.»

«Dai, saluta.»

Chiara abbassò lo sguardo all'incoraggiamento della madre e trovò di nuovo rifugio dietro la sua schiena. Teresa ricordava ancora quella della sua, un senso di protezione che non aveva mai più ritrovato in nessun altro corpo. Fece finta di nulla e sedette su un pouf di pelo fucsia. Sul tappeto, accanto a un cuscino a forma di nuvola, adocchiò un'edizione del *Piccolo principe*. Immaginò Chiara distesa a leggerlo.

Allungò stancamente le gambe.

«Lo sai che ho sentito Stevie cantare dal vivo? Alla Wembley Arena di Londra.»

La testa della bambina fece capolino.

«Eh, lo so cosa stai pensando, che sono vecchia e che non mi ci vedi a fare la pazza a un concerto rock, ma è successo tanto tempo fa. Ero molto diversa. Così diversa che stento a riconoscermi.»

Chiara non disse nulla, non fece le domande che Teresa aveva sperato.

«Una cosa però riesco ancora a farla. Mai giudicare dall'apparenza, e qui qualcuno ne sa qualcosa di quanto l'apparenza sia ingannevole, vero, Chiara?» Le strizzò l'occhio, l'altra si ritrasse. «Posso?»

«Ma certo.»

Giulia le passò la chitarra che Teresa stava indicando.

Ci mise un po' a ricordare gli accordi di *The Chain*, a sgranchire le dita, ma quando trovarono la loro strada sulle corde fu come correre in discesa lungo un sentiero mai dimenticato. Liberatorio e selvaggio, e forse solo un po' ridicolo, a giudicare da come la guardava Marini.

Teresa cantava sapendo benissimo di essere stonata. Lo aveva sempre saputo, fin da piccola, da quando sua madre si era intestardita a iscriverla a una scuola di canto dove nessuno la voleva. L'aveva frequentata solo per il tempo delle audizioni.

Ma la felicità può ridursi a un singolo atto insensato e per nulla gratificante, se guardato solo con gli occhi degli altri. Chiara stava sorridendo, solamente questo contava. Quando la bambina si mise le mani sulle orecchie, Teresa si zittì.

«Sei convinta di poter far meglio?» le chiese. «Fammi vedere.»

Per un attimo, Chiara sembrò sul punto di accettare e rivelare un po' più di se stessa, ma alla fine rinunciò a cogliere la sfida. Si rabbuiò e interruppe il contatto visivo. Era tornata ad abitare il pianeta lontano che era la sua vita solitaria.

Teresa appoggiò la chitarra sulle ginocchia.

«La tua mamma ci ha raccontato del sogno che hai fatto. Se pensi che ti possiamo aiutare, siamo qui per questo. Ti va di parlarcene?»

Chiara non aveva ancora rialzato lo sguardo.

«Ti spaventa Massimo?» le chiese Teresa.

La bambina fece segno di no.

«Vorrei ben vedere» disse lui.

«Forse io?» chiese ancora Teresa.

Chiara si lasciò sfuggire un sorriso che rivelò graziose

fossette sulle guance e di nuovo negò, ma tornò diligentemente seria.

«Ti ha spaventato qualcosa o qualcuno che hai visto nel sogno?»

Questa volta Chiara restò immobile.

Teresa si sporse verso di lei. Poteva sentire la madre trattenere il respiro, lo sguardo di Marini insistere sul suo profilo.

«Chiara, credi che in quel sogno ci fosse qualcosa di vero? Qualcosa che magari hai visto o sentito in altre occasioni?»

Teresa osservò paziente le ciglia battere più volte. La piccola si morse le labbra e alla fine fece segno di no.

«No?»

Negò ancora.

«Allora perché mi hai detto che era vero?» le domandò la madre, abbracciandola.

La bambina voltò la testa dall'altra parte, sul punto di piangere.

«Succede» si affrettò a dire Teresa, in tono leggero. Avrebbe voluto che lo fosse davvero. «Anche io faccio sogni così reali che quando mi sveglio ci devo pensare un po' per capire che quelle cose non sono capitate sul serio.»

Chiara finalmente la guardò. Uno sguardo pesante da sostenere, fisso, indagatore, che la inchiodava al proprio ruolo, alla responsabilità che si era presa varcando quella soglia. Erano occhi aperti sul mondo in un modo che Teresa non avrebbe mai saputo come definire – se adulto, o disincantato, consapevole o forse giudicante. Sembravano conoscere molte cose della vita e allo stesso tempo essere capaci di osservarle con distacco, da un punto di vista alieno. Erano sottili cerchi di zaffiro che racchiudevano pupille dilatate e una malinconia impalpabile. Così vicina a Chiara, Teresa poteva ammirare la trama serrata e perfetta della sua pelle d'infante. Non una breccia in quell'armatura quasi trasparente che funzionava solo nelle ore dei grandi misteri.

Ne rimase turbata.

Si alzò e osò una carezza veloce sulla testa della bambina. «Meglio così, allora. I sogni non possono fare alcun male. Puoi decidere tu quando smettere di averne paura.»

Posò la chitarra sul letto.

Chiara non voleva parlare con lei. Teresa sapeva di doverlo accettare, ma qualcosa la tratteneva sui passi che l'avevano portata fin lì. Si accosciò davanti alla bambina.

«Ora me ne vado, ma voglio dirti che non c'è nulla che potrei trovare ridicolo, e nulla che potrebbe metterti nei guai. E se un giorno vorrai suonare un po' assieme, chiamami. Tornerò volentieri.»

Dalla tenda di capelli sotto cui Chiara aveva nascosto

di nuovo il viso, il mento si mosse in un sì che rappresentava solamente il modo più veloce per liberarsi di lei.

Teresa incassò il silenzio.

«Mi ha fatto piacere conoscerti. Ciao, Chiara.»

Richiusero la porta della camera stringendo il nulla. Sul pianerottolo, il cane li osservava con un orecchio alzato e seguì Teresa come per accompagnarla all'ingresso. A ogni passo, lei sperava di udire quella vocina chiamarla a tornare indietro, una speranza che sapeva di essere smentita.

A metà scala esitò, il piede sospeso su uno scalino. Tornò a voltarsi, ma la porta rimase chiusa.

«Mi dispiace» disse Giulia. «Scusate...»

Teresa non la lasciò finire.

«Non c'è nulla di cui scusarsi. Nel dubbio, ha fatto comunque bene a chiamarci.»

Quando furono dabbasso, le luci si riaccesero. Sembrava quasi che la casa, o forse la sua padroncina, fosse felice di espellerli come elementi estranei. Teresa si sentì una presenza disturbante che aveva invaso un incavo intimo, scavato dalla sofferenza.

Lasciò la casa sulla collina sperando di esservi entrata in punta di piedi.

«Il padre se n'è andato» notò Marini, tirando su il bavero del cappotto.

Una lampadina nuda ondeggiava nella legnaia deserta. I grossi ceppi erano stati riordinati, la scure piantata in uno di essi.

« Magari ci sta spiando da una delle finestre buie. Almeno ha lasciato lì l'accetta. »

Teresa gli diede una gomitata.

« Smettila. Le idee preconcette su persone con cui non hai nemmeno scambiato una parola non portano mai nulla di buono e sono anche scortesi, te l'hanno mai detto? »

« Quando capitano a lei, le chiama 'intuizioni'. »

« Mai creduto alle intuizioni. »

« Farà rapporto? »

« Non c'è nulla da scrivere. Nessuna notizia di reato. E noi saremmo in ferie. »

Lui si sfregò le mani.

« Giusto. Andiamo a berci qualcosa? »

Teresa si avvolse nella sciarpa.

« Perché no? Ho visto una bella caffetteria in paese. »

« Pensavo a qualcosa di più forte, vista l'ora. Commissario... »

L'espressione di Marini la indusse a voltarsi verso la casa.

Chiara aveva aperto la finestra della sua cameretta e li guardava tra fili di stelle luminose. Il sole era tramontato dietro la nebbia, l'ultimo chiarore rosato riusciva a lambire solo il camino più alto. Il fumo profumava di cenere calda, di riti familiari attorno alla luce che doma le tenebre.

La bambina lasciò cadere un foglio che sfiorò la tettoia e s'involò a spirale verso terra assieme a qualche foglia.

Marini corse a raccoglierlo e lo portò a Teresa.

Lei lo osservò per un attimo senza capire. Quando sollevò lo sguardo, la bambina era già sparita.

Marini si spostò dietro di lei per esaminare il disegno.

«Niente aperitivo, vero? No. Non serve che risponda.»

6

«Almeno non è la foresta di Travenì.»

«Non lo nomini nemmeno, Travenì. Non ora.»

Teresa non poteva dare torto a Marini. Aveva avuto un battesimo di fuoco al suo arrivo nella squadra.

«Quel posto ti ha lasciato dentro la paura del buio, ispettore?» lo prese in giro, esaminando la corteccia di un albero.

«Me lo sento addosso, il buio.»

Teresa si sarebbe aspettata una risposta sferzante, invece quell'ammissione aveva una consistenza morbida. Nemmeno lei se la sentì di addentare di nuovo.

Lui reggeva la torcia, lei cercava l'indizio che Chiara aveva lasciato nel disegno. Qualcuno li avrebbe definiti pazzi, Teresa avrebbe ribattuto con «scrupolosi».

Sul cartoncino viola la bambina aveva disegnato un albero con la matita azzurra, un albero dalla corteccia rugosa e i rami spogli e spinosi. Sul tronco, colorate di marrone, c'erano una mezzaluna e una piccola stella che piangevano lacrime rosse. Quel cammino purpureo terminava sul fondo, dove le radici affondavano nella neve abbracciando un cuore sanguinante. E poi le orme, orme bianche che dal nulla arrivavano fino ai piedi dell'albero, nel punto in cui una volpe rossa sedeva in attesa.

«È chiaramente un'acacia, su» aveva detto Teresa. Marini non ne era per nulla convinto.

Era davvero una fortuna che quella boscaglia non fosse la foresta millenaria di Travenì. La collina era un'isola circondata dai vigneti del Collio, una macchia di latifoglie che si estendeva per poche decine di metri fino al declivio dove iniziavano i terreni delle tenute confinanti.

Avevano – aveva – deciso di controllare.

«Tutti gli alberi?»

«Tutti.»

«E se fosse una vite?» Marini aveva passato un dito su un ramo disegnato a forma di ricciolo. «Ce ne saranno migliaia qua attorno.»

«Secondo te le viti hanno le spine?»

«Sono un ragazzo di città.»

«È un'acacia, con una luna e una stella intagliate.»

«E lei è sicura di dover cercare proprio questo.»

«Sento aria di polemica. Che motivo avrebbe avuto Chiara di dipingerle di marrone? Hai mai visto un bambino che colora luna e stelle di marrone?»

«L'unica aria che tira è quella gelida che avete qui. Comunque, non sono un grande esperto di bambini.»

«Be', hai tutto il tempo per diventarlo.»

«No, non credo. Allora, procediamo?»

L'area era circoscritta. Chiara non si allontanava mai troppo, sua madre lo aveva confermato: «Sa che deve restare sempre in vista della casa».

E la casa la potevano vedere anche loro, tra i rami neri. Tutte le imposte erano state chiuse da un pezzo, il camino non fumava più. Teresa non aveva voluto raccontare del disegno ai genitori di Chiara. Per il momento, sarebbe rimasto un piccolo segreto tra lei e la bambina, una prova di fiducia che Teresa non poteva permettersi di fallire.

«Almeno hanno lasciato le luminarie accese» brontolò Marini, battendo i piedi per scaldarsi.

Le luminarie si spensero in quell'istante. Teresa faticava a crederci.

«Ma porti sfortuna, Marini?»

«Papà simpatia è andato a nanna.»

«Strano, questo accanimento. Cos'è, il padre di Chiara ti ricorda il tuo?»

Lo vide scattare.

«Che vorrebbe dire?»

«Che la cosa sembra essere molto personale.»

«Basta così. Sono un collega. Inizi a trattarmi come tale, per cortesia.»

«D'accordo... Fai più luce qui.»

Marini obbedì. Si erano divisi il suo paio di guanti, uno ciascuno e l'altra mano in tasca.

«Quell'uomo si è comportato in modo strano, ho detto solo questo e non c'è nulla di personale: è un dato di fatto. Non è venuto nemmeno a vedere che facce abbiamo da vicino, ed eravamo lì per interrogare sua figlia di *otto anni*.»

Teresa si sistemò meglio il berretto per coprire le orecchie. La lana era zuppa.

«Scortese non significa criminale» chiarì. «Al contrario, molti delinquenti si sarebbero mostrati più attenti e rispettosi, al suo posto. Sono abili manipolatori.»

«Non tutti, ce lo ripete sempre. Gli psicotici ballano su una musica tutta loro. A proposito di musica, perché quella scena con la chitarra e la bambina? Che cosa crede di averle dato?»

«Che cosa credo di averle dato?»

«Sì.»

«Un po' di coraggio, se posso. Credo di averle dato un'immagine di se stessa intrepida e positiva. E non c'è stata nessuna scena, santiddio.»

Marini calciò un sasso inesistente.

«Non voleva essere una critica. È stata brava. Comincio a capire alcune cose.»

«Per esempio? Fai luce.»

«Perché le persone la cercano.»

Teresa dovette guardare lontano.

«Non sei stato malaccio neanche tu» ammise. Le era

andato dietro senza troppo imbarazzo, che per uno come lui era già molto.

«Be', commissario, se questo è un complimento...»

«Avresti dovuto vedere la tua faccia, Marini.»

«Quando lei ha iniziato a cantare, di sotto il cane ha uggiolato in modo straziante. Non dico altro.»

«Sciocco. Sai tenere in mano una torcia? *Qui* devi illuminare.»

«Perché si ostina, commissario?»

«Non dovrei più cantare solo perché sono stonata?»

«Perché si ostina a cercare quello che non c'è.»

Le puntò per un momento la luce in viso, abbagliandola.

«Non c'è nulla tra questi alberi, lo sa meglio di me, eppure il bisogno di tornare da quella bambina e dirle che ha ragione è più forte di ogni logica. Sente il bisogno di accontentarla. Sbaglio?»

Teresa gli tolse la torcia di mano.

«Non troveremo nulla perché non sei nemmeno in grado di fare luce dove dovresti.»

«*Sbaglio?*»

Fu la volta di Teresa di accecarlo.

«E tu, ispettore? Tu, che sembri sapere tutto, che non hai mai dubbi, che cosa ci fai qui, al buio e mezzo congelato, per cercare qualcosa che sai non esserci? Sarà mica per accontentarmi, contro ogni logica, solo per – la buttò lì –, solo per vedermi soddisfatta?»

Teresa deviò il fascio di luce e attese la risposta. Lui sospirò.

«Perché deve avere sempre l'ultima parola?»

«A volte vorrei non fosse così.»

Marini si appoggiò a un tronco.

«Mancano un paio di alberi, commissario. Poi che farà, ricomincerà dal primo?»

«Puoi andartene quando vuoi.»

«E lei, torna a piedi?»

«Non ho mai detto che puoi prenderti la macchina.»

Lui la osservò a lungo.

«Perché rende tutto maledettamente complicato?» Aveva deposto le armi, sembrava sinceramente incuriosito dalla sua ostinazione.

Lei sbuffò, ma quando gli rispose lo fece con tono serio.

«Voglio dire a una madre che non ha ragione di temere per sua figlia. Voglio dire a una bambina che l'incubo che l'ha spaventata non può mettere piede nella vita reale. Ma devo farlo con cognizione di causa, e non perché mi scoccia bagnarmi i piedi o soffrire il freddo.»

Gli porse la torcia.

Lui sorrise, e la prese.

«Forza, allora.»

Controllarono gli ultimi alberi, e poi ricominciarono, per essere certi di non aver tralasciato nemmeno un dettaglio, ma non trovarono nulla. I segni non c'erano, nessuna traccia della mezzaluna e della stella.

Marini le offrì anche l'altro guanto.

«Tenga, ha la mano violacea. Domani lo dirò io ai genitori di Chiara.»

Teresa accettò, ma controvoglia. Avrebbe dovuto sentirsi sollevata: nessun indizio, nessun crimine sepolto sotto foglie marce e ombre, nessuna lacrima di sangue e cuori perduti nel buio.

Eppure si sentiva triste. Quella notte fitta e lattiginosa aveva portato un pensiero doloroso. Forse il cuore perduto nel bosco non era quello di un bambino scomparso. Forse il cuore sanguinante era proprio quello di Chiara.

7

Fu mattina e fu di nuovo sera senza ricevere notizie dai genitori di Chiara. Teresa volle considerarlo un buon auspicio. Marini li aveva informati dell'operazione notturna conclusa in un nulla di fatto e forse questo era bastato per riportare il sereno nelle loro vite. Teresa si era sforzata di crederlo.

Il giorno successivo, svestì i panni dell'investigatrice e indossò quelli di una donna alle prese con un appuntamento importante. Lui aveva acconsentito a incontrarla, si ricordava di lei. Era un buon inizio. Un passo alla volta, sperava di potergli stare accanto. Quanto? Quanto le sarebbe stato concesso dalla mente capricciosa che si ritrovava, per questo doveva fare in fretta, convincerlo ad affidarsi a quella donna stramba con il ridicolo caschetto di capelli color magma che in natura di certo non trovava paragoni.

Scelse con cura gli abiti, rinunciando alla praticità del nero per un vestito di lana, del colore delle foreste d'estate, lungo fino ai piedi. Indossò una collana con un pendente di pietra dura, un ovale di labradorite che faceva immaginare le profondità cangianti di un lago alpino.

Si guardò allo specchio. Sfiorò il viso. Passò una mano sui fianchi. Che cosa le era successo negli ultimi trent'anni? Dov'era la ragazza che cantava a squarciagola ai concerti e camminava sulle mani in un prato fiorito, che si lanciava giù dalle discese in bicicletta senza mai toccare i freni e si lasciava incantare dalla notte, con il naso all'insù, sotto la luna piena?

Era inciampata nella vita, rotolando giù e portandosi addosso ogni granello di fango. Un fango che era diventato creta e si era modellato attorno a lei, restituendola al mondo per come adesso era. Sistemò la frangia sulla fronte. Quante ne aveva passate.

Uscì con il cuore agitato, durante l'attesa per il taxi ripassò quello che aveva pensato di dire, anche se sembrava non funzionare più. Ma poi, le parole sarebbero servite? Forse non le sue.

Il taxi arrivò e lei corse in casa. Davanti alla libreria, accaldata sotto il cappotto, la sciarpa, l'ansia, la borsa che non ne voleva sapere di stare appesa alla spalla, scorse i titoli, maledicendo una volta in più la stanchezza che le faceva sempre procrastinare il riordino della biblioteca. Capì quale fosse il libro che stava cercando solo quando gli occhi lo trovarono, al terzo colpo di clacson. Lo afferrò e si precipitò fuori.

È perfetto, pensò, seduta nel taxi che la stava portando da lui. Può una storia dire più di qualsiasi discorso pontificante sulla vita, sull'amore? Sì, se tra le righe batte un cuore. E tra quelle pagine c'era un cuore disperato e innamorato, con il suo carico di calore, di sangue che canta la meraviglia di un sentimento così sconvolgente, di paura, bisogno e stupore, con l'eco dolorante di anime spaventate, strette l'una all'altra, in procinto di perdersi e forse ritrovarsi da qualche altra parte, perché non si può amare così tanto per nulla.

Arrivò al REMS. La gestione della residenza per l'esecuzione delle misure di sicurezza era sotto la responsabilità dell'ASL locale, ma era a tutti gli effetti una struttura detentiva per criminali psichiatrici considerati pericolosi per la società.

L'uomo del suo appuntamento la stava attendendo oltre quelle mura, che dovevano sembrargli la fine del mondo.

Teresa sbrigò le formalità necessarie con nervosismo. Si sentiva inquieta, e inadeguata. Era emozionata.

La condussero nella stanza dedicata agli incontri riservati. Aveva chiesto e ottenuto di rimanere sola con lui, ma qualcuno li avrebbe sempre osservati, pronto a intervenire in caso di emergenza.

Le sue mani possono uccidere, ricordò a se stessa. Possono spezzarti, e strapparti. Ne erano state già capaci.

Entrò nella stanza. Lui era lì, seduto davanti a un tavolo di formica, i polsi costretti nelle fascette. Non la guardò. Teresa era convinta che non lo avrebbe fatto a lungo.

Lei restò immobile per qualche istante, per abituarsi a quell'immagine. Andreas era imponente, nemmeno la tuta da ginnastica grigia riusciva a mitigare la forza selvatica che il suo corpo emanava. Eppure, c'era grazia in lui. Teresa paragonò la sua bellezza a quella di un animale.

I capelli non erano più un groviglio lanuginoso, ora scendevano chiari fino al petto. Teneva il cappuccio della felpa calato sul viso, ma si riusciva a scorgere il naso dritto, la barba corta che luccicava sotto i neon, qualche centimetro di pelle dorata sulle guance.

Sedette davanti a lui, posò le mani sul ripiano. Si chinò un poco per cercare quegli occhi così particolari, eterocromi, uno blu come il cielo serale, l'altro verde come il bosco. Era un marchio appartenuto anche ad Alessandro Magno, forse quello dei grandi condottieri.

La forza dei re e dei capi, Andreas l'aveva viva dentro di sé, ma ora stava lì, davanti a lei, in esilio, prigioniero. Quanto sarebbe potuto sopravvivere senza respirare la vastità della sua foresta?

« I bambini di Travenì stanno bene. »

Andreas non ebbe alcuna reazione.

« Sono contenta che tu abbia voluto incontrarmi. Mi hanno detto che i tuoi 'no' sono definitivi. » Sorrise.

«Quindi ogni tanto parli. Sai che cosa vuol dire 'un no definitivo'? Che non diventa mai un sì.»

Teresa osservò la stanza. Doveva apparirgli così vuota rispetto alla varietà straordinaria della natura in cui era vissuto. Così silenziosa e immobile. Morta. Forse si sentiva morto anche lui.

«Sei confuso, e arrabbiato. Ti sei dibattuto per giorni come un animale in trappola. Ma questa trappola può aprirsi. Non è definitiva. Per ora è un no, ma diventerà un sì, e io sono qui per questo. Ti fidi di me? Io credo di sì. So che ricordi che cosa è successo. Ti sei già fidato di me.»

Andreas batteva le palpebre, null'altro.

«Conosci così poco dell'umanità, e quel poco è il peggio. Non siamo tutti cattivi. Pensi spesso a quei bambini, vero? Al tuo piccolo.»

Teresa dovette fingere di trafficare con la borsa più del necessario, o tutto in lei avrebbe rivelato commozione. Prese il libro, lo posò sul tavolo. Andreas non ebbe reazioni, continuò a ignorarla, lo sguardo puntato sulla parete di fronte.

Non avrebbe compreso ogni parola, ma non era quello il suo scopo primario. Teresa voleva che fossero le esperienze condivise a parlargli, permettendogli di riconoscersi nei gesti di cura quotidiana, nella paura di vedere soffrire l'altro, nella necessità di proteggere, a qualsiasi costo. Non era forse quello l'amore?

Aprì il libro alla prima pagina.

Era stupefacente come il racconto ricalcasse la vita dell'uomo che le stava davanti. Anche lui era rimasto solo e aveva imparato a sopravvivere in un mondo selvatico, e quel mondo ora era scomparso per lasciare il posto a un luogo grigio. Anche lui si era preso cura di un cucciolo d'uomo. Anche lui aveva sperimentato la paura di perderlo, e alla fine l'aveva perso davvero. Era stato un padre perché l'amore l'aveva reso tale.

Teresa non credeva che l'assenza completa di espressione dal volto di Andreas rispecchiasse un vuoto emozionale. Credeva che ci fosse lava dentro quel petto, tempesta e sole all'improvviso, il richiamo di un'aquila che si lanciava da altezze vertiginose, un latrato nella profondità di una tana. Calore. Istinto. Forza ed emozioni che andavano educate, ma che erano già perfette e dovevano restare intatte.

Teresa iniziò a leggere a voce alta, lentamente.

«'Quando si svegliava in mezzo ai boschi nel buio e nel freddo della notte allungava la mano per toccare il bambino che gli dormiva accanto'.» Allungò anche lei la sua, lasciandola sospesa a cercare quel battito immaginario. Lo faceva davvero, certe notti, per ritrovare il suo bambino. Notti più buie del buio, come quelle di cui stava leggendo. Le aveva attraversate, continuava ad attraversarle. «'La sua mano si alzava e si abbassava a ogni prezioso respiro'.»

Era un'immagine di una tenerezza struggente, che lei sentiva cucita sulla pelle attraverso le peripezie vissute. Chiuse gli occhi per un istante, sopraffatta. Quando li riaprì, quelli di Andreas erano fissi sul suo viso.

Allora continuò, questa volta senza fermarsi.

8

Le luminarie si spensero con un ronzio elettrico. Chiara si incamminò nel Buio.

Questa volta sarebbe stato diverso. Glielo aveva detto la poliziotta dai capelli rossi: i sogni non possono fare male. Fece come le aveva suggerito, scelse di non averne paura.

Gli animali di legno sorvegliavano il sentiero come guardiani: Orso, Aquila e Scoiattolo odoravano di ruscello e muschio.

Chiara allargò le braccia per sfiorarli con le dita, ma non rallentò il passo.

La nebbia giocava con lei, si arrampicava avvolgendola in volute di fumo, correva sul dorso delle mani fino a tornare al nulla da cui proveniva.

Chiara non sentiva freddo. Camminò tra le ombre e le chiazze di neve fino all'albero con la luna e la stella. Fu contenta di ritrovarle: erano lì per un motivo, per indicare la direzione.

Si sollevò il vento e le scompigliò i capelli. Un fiocco di neve guidò il suo sguardo ai piedi dell'albero.

Nella terra c'era una fossa e nella fossa stava rannicchiato un bambino. Come in una pancia, come per venire al mondo, ma la sua pelle era grigia e ricoperta di brina. Dalla fronte, un rivolo di croste scure scendeva fino al naso. Tra le ginocchia teneva stretto un coniglietto di peluche, sporco come gli abiti e privo di un occhio.

Chiara si guardò le mani. Le unghie erano nere, i palmi graffiati.

Era stata lei a disseppellire il segreto?

Si lasciò cadere sulle ginocchia, sotto il peso dell'infelicità. Provava pena per quel cucciolo che qualcuno aveva dimenticato nel bosco.

Da dietro gli alberi sorse un sole azzurro che non scaldava. Chiara alzò una mano, vide la luce colare tra le dita senza ferirle e raggiungere il bambino. Era incapace di sciogliere il ghiaccio che lo ricopriva.

Il vento trascinò fino a lei un pianto di donna. Il lamento cavalcava la collina sulla schiena della bruma e si spandeva in sospiri.

Chiara si rimise in piedi.

«Chi c'è? Chi sta piangendo?»

Un singhiozzo si frantumò nell'eco.

«Chi sei?»

Il lamento ricominciò, ma si trasformò presto nella voce di un uomo.

E la tristezza divenne spavento.

9

Teresa si svegliò di soprassalto. Il cellulare stava vibrando sul comodino. Cercò di raddrizzarsi, la schiena dolorante per la posizione scomposta. Allungò una mano e rispose, solo un occhio aperto.

«Pronto?»

Dall'altra parte della linea la investì un fiume di parole interrotto da singhiozzi.

Teresa si sentiva confusa. Chi era quella donna e che cosa voleva? Che ore erano e dove si trovava? A poco a poco, senza capire nulla delle parole che vibravano nell'orecchio, mise a fuoco gli oggetti che le parlavano di una quotidianità che stava affiorando nella sua mente.

Si passò una mano sul viso, gli occhiali da lettura caddero in grembo. Era seduta nel suo letto, la schiena appoggiata ai cuscini, la lampada accesa.

Guardò la sveglia digitale. Era notte fonda. Si schiarì la voce.

«Può ripetere, per favore?»

«Sono Giulia, la mamma di Chiara. Commissario...»

La donna era agitata, parlava di un sogno e di una

bambina sconvolta. Supplicava Teresa, ma lei non ne comprendeva il motivo.

«L'ha visto ancora» stava scandendo. Sembrava trattenere un urlo, lo aveva trasformato in rantolo.

Ci conosciamo, pensò Teresa, allarmata.

E finalmente ricordò.

Chiara, i suoi genitori, il freddo patito a cercare le tracce di un sogno.

Deglutì la saliva che le aveva riempito la bocca per il panico.

«L'ispettore Marini vi ha informato» disse. «Abbiamo controllato senza trovare alcun riscontro a quanto raccontato da vostra figlia. Mi dispiace, ma credo comunque che sia una cosa positiva.» Si interruppe, in ascolto. «È Chiara che sta piangendo? Si è spaventata?»

«No, sì... è strana.»

«Strana?»

La donna tirò su con il naso.

«Dice che deve riportare a casa quel bambino. Sta piangendo, perché non la ascoltiamo. Venga appena possibile, *per favore*. Per qualche motivo, Chiara ha bisogno di lei. Per favore. Non la lasci sola.»

Si sentì una voce maschile irrompere in sottofondo. Parole pronunciate in tono brusco, che Teresa non riuscì a cogliere.

La chiamata terminò.

Non la lasci sola.

Teresa non avrebbe mai voluto, ma era sola anche lei, e in difficoltà. Per un momento, non aveva ricordato chi fosse Giulia.

Sulle ginocchia reggeva il peso lieve del libro portato con sé quando era andata a letto. Era ancora aperto alle prime pagine, con una matita in attesa lungo la rilegatura.

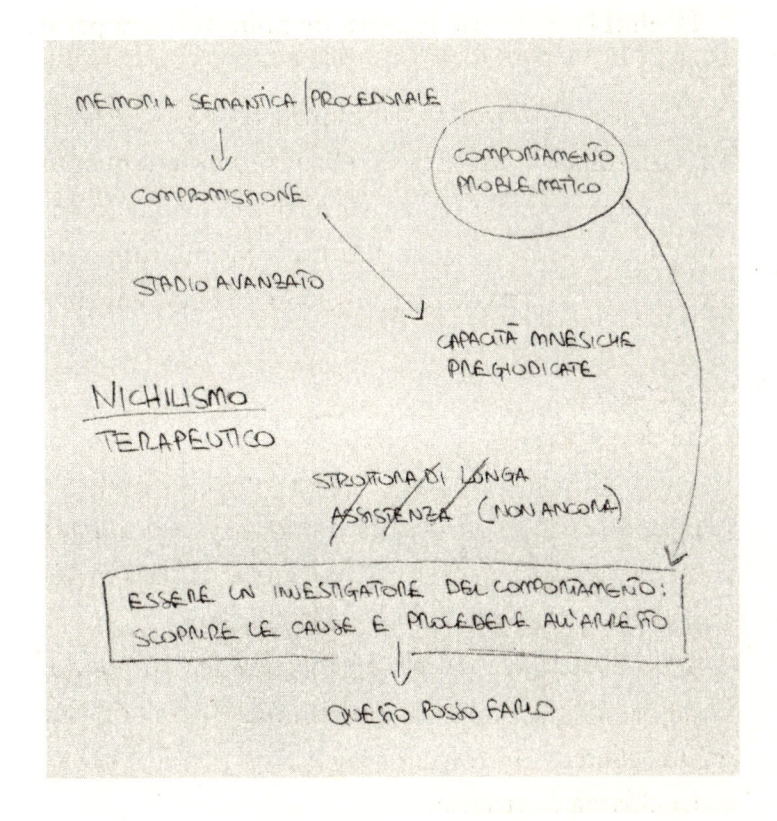

Teresa aveva annotato qualche parola, in un modo caotico che non era usuale per lei. Un pensiero improvviso la freddò: stava già cambiando. Sulla carta aveva tracciato una nuova geografia di se stessa, priva di un nord. Stava mutando in qualcuno che alla fine non avrebbe riconosciuto, né l'avrebbe riconosciuta.

L'ultimo era un consiglio che l'autore, esperto del trattamento clinico dell'Alzheimer, dava ai familiari e in generale a chi prestava assistenza al malato di demenza, ma che poteva tornare utile anche a lei, che demente lo stava diventando. L'aveva trovato calzante in modo drammatico e ironico, tipico della vita.

Chiuse il libro e lo allontanò. Sembrava che non arrivasse mai il momento in cui avrebbe potuto finalmente fermarsi a contare i danni, ascoltare il canto malinconico delle paure, riconsiderare il futuro.

Strinse invece il telefono. Per un attimo aveva pensato di chiamare Antonio Parri e chiedergli di accompagnarla, ma aveva sentito l'amico quel pomeriggio: era di turno in ospedale, non si sarebbe liberato fino al mattino dopo.

Poteva chiamare un taxi, sì, ma poi?

Aprì la rubrica, scorse i numeri fino a trovarne uno salvato di recente solo con un cognome. Fece partire la chiamata, ma dopo alcuni squilli ci ripensò e richiuse. Era molto tardi, troppo, e non c'era urgenza.

Ma «tardi» è un concetto soggettivo, pensò, così come quello di «urgenza».

Ci riprovò, e di nuovo interruppe.

E lo rifece ancora una volta.

Fissò i propri occhi riflessi nel display ritornato scuro.

«Sono invecchiata.»

Lo aveva mormorato a se stessa, provando vergogna per qualcosa che nemmeno dipendeva da lei, che non poteva mai essere una colpa.

Era così difficile ammettere di trovarsi in una situazione di bisogno e chiedere aiuto. Da quando aveva scoperto di essere malata, comprendeva un po' di più le vittime riluttanti ad affidarsi ad altri, e forse anche alcuni carnefici intrappolati nel proprio inferno.

Arrenditi all'evidenza, disse una vocina scomoda dentro di lei, e tutto sarà più facile.

Digitò un messaggio e, con suo stupore, il destinatario rispose subito.

Sei sveglio?

>Dopo soli dieci squilli a vuoto e un messaggio? Che cosa glielo fa pensare?

Ha chiamato la madre di Chiara. È successo ancora.

>Arrivo.

Teresa non riusciva a staccare gli occhi dall'ultima, solitaria parola.

Quanto conforto possono dare sei lettere nel cuore della notte?

Tanto quanto altre sei, simili: «Ci sono».

10

La casa sulla collina era cambiata. Nell'istante al confine con l'alba, appariva fatata. La nebbia si era ritirata, lasciando il prato lustro. Le lucine facevano brillare il fogliame, il ruscello che la pioggia aveva ingrossato fumava per le misteriose alchimie della natura. Un grosso uccello stava appollaiato sul parapetto della passerella che portava sull'altra sponda. Era di legno, come gli altri animali che popolavano il pendio, ma ora le sculture sembravano aver preso vita, grazie alla presenza della bambina. Chiara dondolava sull'altalena, i capelli sciolti, ali giocattolo di piume rosa sulla schiena. In piedi sul sedile, si spingeva fin quasi a raggiungere la chioma del castagno. All'improvviso saltò giù per danzare attorno al grande orso ritto sulle zampe.

Marini spense il motore dell'auto, ma non si mosse.
«È bellissima, ma c'è qualcosa di inquietante.»
A Teresa si strinse il cuore. Sapeva cos'era il dettaglio che gli creava disagio.
«È la diversità, Marini. Turba e allontana. Non permettere che lo faccia anche con te.»
Scese e si incamminò per immergersi nell'ossimoro

vivente che aveva davanti, e che aveva visto fin troppe volte per non sentire gli occhi sanguinare. Era composto di fanciullezza e strazio: mancavano gli amici, mancava la rete di relazioni umane che fa di un solo essere il centro di uno scambio di emozioni ed esperienze. Chiara danzava sul vuoto, senza quella rete pronta a sorreggerla in caso di caduta.

La bambina stava per varcare l'ultimo cancello dell'infanzia. La famiglia non sarebbe bastata ancora per molto, non più.

Gli animali intagliati erano sostituti immobili, riempivano lo spazio attorno a lei, ma senza poterlo occupare nel cuore. Teresa aveva pudore a esplicitarlo, non voleva dare forza all'assenza pronunciandone la parola.

«Dove crede di andare?»

Si voltò.

«Lei è il padre di Chiara, immagino. Non ci siamo ancora presentati.»

Allungò una mano, ma quella di Alessandro Leban restò lungo il fianco. L'altra stringeva la chitarra che Teresa aveva suonato due giorni prima.

Anche lei abbassò la sua. Come la figlia, Leban era una creatura notturna. Ne osservò le ombre violacee sotto gli occhi, il colorito insano. La notte di Chiara lo aveva contagiato, aveva contagiato tutta la famiglia, costretta a vivere sospesa tra il giorno e il buio, spingendo corpo e mente a sopravvivere su confini innaturali, e allo stesso tempo chiamata a combattere una guerra più grande di chiunque. Se Giulia aveva un lavoro diurno, forse era lui a trascorrere più tempo con la figlia. Si rese conto di aver chiesto così poco a quelle persone, preoccupata di sbriciolare l'equilibrio troppo fragile su cui camminavano.

« Mi ha chiamato Giulia » gli disse.

« Lo so e non ero d'accordo, ma quello che penso non conta niente. »

Teresa non si fece intimidire dalla ruvidezza dei modi.

« Sì, l'ho sentita sbraitare al telefono. »

« Lasci in pace Chiara. »

Vide che Marini si stava avvicinando e lo fermò con un dito, chiedendogli tempo. C'era abbastanza testosterone tossico nell'aria. Si rivolse all'uomo in tono più conciliante.

« Sono qui per cercare di capire se posso aiutarla, non per creare problemi. »

Lui sgranò gli occhi, una rete di capillari spaccati. Da quanto non dormiva decentemente?

« L'ha vista una volta e pensa di saperne più di noi? Non sarà la sua arroganza ad aiutarci. »

« Voglio solo ascoltarla. »

« Non provi ad avvicinarsi a mia figlia. »

Teresa guardò oltre le sue spalle. Chiara li stava osservando, immobile. Quanto raccontava anche da lontano, quel corpicino ritto, con i pugni chiusi. Quanta rabbia disperata. Teresa tornò a puntare gli occhi sull'uomo.

«Così la spaventiamo.»

«Non si permetta di insegnarmi qualcosa su mia figlia.»

«È anche mia figlia, Alessandro.»

Giulia li aveva raggiunti, silenziosa. Posò una mano sulla spalla del compagno, lo tirò vicino. «Ha chiesto Chiara di chiamarli. Abbiamo bisogno di aiuto.»

Fu come veder crollare un muro. L'uomo si abbandonò all'abbraccio, voltando la schiena. Giulia le sorrise, un invito a continuare.

Teresa chiamò Marini con un cenno e insieme salirono i pochi metri di pendio.

Chiara si era nascosta, ma non tanto da non voler essere trovata. Si era rannicchiata sotto un abete, tra cuscini di muschio e corolle di elleboro. Era più pallida dei petali, corrucciata. In una mano stringeva una fatina di legno.

Teresa si avvicinò.

«Il tuo papà fa bene a comportarsi così, sai?»

Ottenne il suo sguardo. Così blu, sidereo.

«Significa che ci tiene tanto a te. I genitori proteggono sempre i propri figli, a volte mordono per farlo.»

Chiara accennò un sorriso.

«Ti sei offesa?» le chiese.

«Per niente. E poi ha solo abbaiato.»

Questa volta il sorriso fu più convinto. Teresa si inginocchiò e indicò Marini.

«Per te va bene se Massimo resta con noi?»

«Va bene.»

«Hai visto qualcos'altro?»

Fece cenno di sì. Teresa sedette a terra, incrociò le gambe.

«Vuoi raccontarmi il tuo sogno?»

La fatina tremò nelle mani di Chiara.

«Non era un sogno.»

Chiara era tornata nel Buio, davanti all'albero con la mezzaluna e la stella. Qualunque sentiero imboccasse nella nebbia, si ritrovava sempre lì. Il sole buono, incapace di ferire, era tramontato. Si levarono voci, rincorrendosi nell'aria diventata più fredda. Richiami violenti, il latrato d'un cane, di nuovo una campana lontana.

Chiara percepì l'ostilità che si stava aggregando nell'aria come nubi cariche di elettricità. Le ombre attorno a lei si agitarono, scosse dalle nuove presenze.

Il bambino è morto, devo svegliare il bambino.

La confusione che provava le afferrò il cuore. Ma i sogni sono sempre scomposti, le aveva detto la sua mamma.

«Conta, conta e canta» mormorò.

Non fu capace di pescare i numeri dai pensieri e metterli in ordine.

Il suo corpo non le apparteneva più. Vide le proprie mani scuotere il bambino, ma non le riconobbe: erano orribili, violacee e con tre dita ciascuna. Dita lunghe e sporche che portavano strani segni sulla pelle.

Cercò di urlare senza riuscirci, quando le tenebre furono squarciate da una luce violenta, che calava dall'alto come la lama bianca di un angelo. Altre luci, più piccole, danzavano nel sottobosco.

Chiara scrutò il cielo. Era curvo come fosse racchiuso in una palla di vetro. Sembrava che le costellazioni avessero preso a vorticare furiosamente e stessero per crollare sulla terra in frammenti di fuoco.

Ora erano di nuovo le sue mani chiuse a coppa che stava guardando, ma quando le aprì ciò che vide la fece rabbrividire più del vento impetuoso che ruggiva strappando le foglie dalle chiome.

La fossa era vuota.

Al battito di ciglia successivo, non c'era più alcuna fossa.

E non c'era più alcun bambino.

«Conta» mormorò ancora, e questa volta ci riuscì. Contò.

12

«È stranamente pensierosa.»
«Non capita così di rado, spero.»
Marini riempì i due calici con il pinot grigio che avevano ordinato. Teresa affondò sguardo e pensieri nel color topazio del liquido fragrante. Chiara aveva condiviso il sogno, portandoli con sé fino alla fine. Il racconto aveva depositato in loro un fondo di inquietudine, che li aveva spinti a trascorrere l'intera mattinata nella casa sulla collina. Era stato difficile salutare la bambina e riconsegnarla alla solitudine. Lungo la strada del ritorno si erano fermati in una cantina per uno spuntino veloce, ma nessuno dei due sembrava aver fretta. Il tepore, le luci soffuse, la nebbia che fuori aveva cancellato il mondo un'altra volta rendevano molli le volontà.
«Non dovrei bere» mormorò Teresa, una mano a reggere la guancia e l'altra impegnata a rigirare il calice sotto la luce. «E nemmeno stare vicina a tutte queste pietanze grasse.»
Marini si bloccò all'inizio di un brindisi.
«Il diabete... lo avevo scordato.»
A lei venne da ridere.

«È probabile che me ne scorderò anch'io piuttosto spesso, d'ora in avanti.»

«Che intende dire?»

«Nulla.» Alzò il calice. «Alla salute. Un'eccezione non mi ucciderà.»

«Ma l'ha fatta l'iniezione?»

«Sì.»

«Quando?»

«La prossima volta vieni in bagno con me e controlli, va bene?»

«Scusi.» Si chinò per raccogliere qualcosa dal pavimento. «È suo? Forse le è scivolato dalla borsa.» In mano aveva *La strada*, di Cormac McCarthy. Notò il segnalibro a un terzo del romanzo. «Lo sta leggendo?»

Teresa lo prese e lo rimise a posto. Prima o poi gli avrebbe raccontato dei suoi incontri con Andreas, ma per il momento desiderava che rimanessero un'esperienza intima.

«Lo sto leggendo a un amico.»

Marini quasi si soffocò con il vino e lei dovette nascondere un sorriso, mentre gli passava il tovagliolo. Si sarebbe fatta volentieri una gran risata. Chissà che immagini gli turbinavano nella mente.

«È malato, il suo amico?»

Teresa glielo lanciò, il tovagliolo.

«Che vuol dire, che l'unico uomo disposto a farsi leggere un libro da me deve per forza essere moribondo?»

«Se non lo può leggere da solo, magari è cieco. Ma che ne so!»

«Appunto. Che ne sai tu.»

«Ho sbagliato di nuovo?»

«Mi ci sto abituando.»

Arrivò l'oste con il tagliere dei formaggi, accompagnati da marmellata di cipolle e quella piccante di pere, da noci e miele, e un grappolo d'uva bianca. C'erano la ricotta cremosa cosparsa di pepe appena macinato e olio d'oliva, il formaggio fresco alle erbe aromatiche e scaglie friabili di quello stagionato diciotto mesi.

L'uomo esitava ad andarsene. Teresa lo guardò con curiosità e lui allora fece il passo che stava tentando di compiere sin da quando era arrivato con le pietanze.

«Siete della polizia? Dicono che siete della polizia e siete stati a casa dei Leban.»

Teresa appoggiò un gomito allo schienale e lo scrutò meglio.

«Chi lo dice?»

«Eh...» Prese ad asciugarsi le mani asciutte sul grembiule annodato in vita.

Teresa spostò lo sguardo sugli avventori appoggiati al bancone. Erano voltati di schiena, intenti a rigirare cucchiaini nelle tazzine del caffè, ma l'impressione era che stessero ben in ascolto. Gente del posto, in confidenza con l'ambiente e tra loro. Indossavano abiti da lavoro, probabilmente condividevano la pausa pranzo ogni giorno.

Tornò all'oste.

«Se intende dire Alessandro e Giulia Leban, sì, siamo stati da loro. Due volte.»

«E siete della polizia?»

«Siamo della polizia.»

L'uomo abbassò la voce, tanto avrebbe riferito più tardi quanto scoperto.

«Lui ha dato di nuovo problemi?» chiese. «Non voglio farmi i fatti loro, ma sa, Leban deve soldi a molta gente.»

Teresa non batté ciglio.

«In effetti ci sono dei problemi, piuttosto gravi.»

Forse era una sua impressione, ma il locale sembrava più silenzioso. Continuò sforzandosi di non guardare Marini.

«Stiamo indagando su reati contro gli animali. Bracconaggio contro la fauna selvatica e avvelenamenti ripetuti nei confronti degli animali domestici dei Leban. Sono entrambi piuttosto gravi. Credo passeremo spesso da queste parti.» Rovistò nella tasca della giacca e gli porse un biglietto da visita. «Commissario Battaglia e ispettore Marini. Se lei potesse far girare la notizia, gliene sarei grata. Magari troveremo qualche testimone. Ma rassicuri pure tutti: li prenderemo.»

L'uomo era avvampato.

«Certamente. Scusate il disturbo. Buon pranzo.»

Si dileguò e poco dopo, uno alla volta, anche gli uomini al bancone se ne andarono. Marini sorseggiò il pinot e indicò la porta a battente che dava sulla cucina.

«Non ha nemmeno preso il biglietto.»

Teresa rinfilò il cartoncino nella tasca. Poteva vedere il sorriso nascosto negli occhi del collega, ma non fece commenti.

«Come hanno fatto a sapere che siamo della polizia?»

«Efficienti ed efficaci dinamiche da piccolo paese, ispettore. Imparerai presto.»

«Le hanno mai detto che ha un modo di fare intimidatorio?»

Teresa dispiegò il tovagliolo sulle ginocchia.

«Ma io non stavo mica scherzando. Li prenderemo davvero.»

«E i problemi finanziari di Alessandro Leban?»

«Volevi dire la *notizia ancora da verificare* sui *presunti* problemi finanziari di Alessandro Leban?»

«Proprio quello, sì.»

«Verificheremo.»

Teresa scelse un grissino ritorto di farina di mais e zucca per accompagnare il primo assaggio.

L'ambiente profumava di botti e polenta arrostita, di travi antiche e frico di patate appena tolto dal fuoco.

Godettero del buon cibo e dell'ottimo vino, fino a

quando Marini puntò i gomiti sul tavolo e fece la domanda che molti in centrale si erano posti in quegli anni, ma a cui nessuno era mai riuscito a dare risposta.

«Allora, che cosa farà a Natale, commissario? Lo passerà in famiglia?»

Teresa imitò il gesto, sorseggiando il pinot. Avrebbe scommesso che dietro quella curiosità repentina ci fosse in realtà un gioco di squadra ben architettato. Ma Marini era così ingenuo e, sospettava, pieno di segreti, almeno tanto quanto lei.

Uno dei colleghi abitava sulla stessa strada del nuovo ispettore. Aveva raccontato che le luci del suo appartamento restavano accese tutta la notte. *Ogni* notte, da quando si era trasferito. A sua insaputa, per un paio di giorni, Marini era stato oggetto di battute bonarie che di tanto in tanto ancora affioravano, tuttavia accadeva in modo sempre più distratto. Il particolare aveva perso ben presto di interesse, ma non per Teresa. Massimo Marini stava dando la caccia a qualche spettro nella sua vita. Per il momento, gli riusciva solo di tenerlo a bada.

«Trascorrerò il Natale come te, suppongo» rispose. «O no? Parlami della tua famiglia.»

Si fissarono per un momento.

«Parliamo di Chiara» propose lui.

«Meglio, sì.»

«Che cosa ne pensa?»

Teresa si abbandonò contro lo schienale.

«È un racconto coerente.»

«Mi prende per il culo? *Coerente?*»

«Ispettore, quanta foga.»

«Segni esoterici sugli alberi, luci dall'alto, bambini che spariscono... È coerente sì, un bel viaggio dell'immaginazione a cavallo di generi letterari diversi, dal fantastico alla fantascienza.»

«Che c'entra ora la fantascienza?»

Lui inclinò la testa di lato.

«Ma davvero non l'ha capito?» Sollevò tre dita per ciascuna mano, muovendole nell'aria. «ET. Alieni. Chiara ci ha raccontato una storia di strane apparizioni in cielo, luci che rapiscono le persone. Mai sentito parlare di 'abduzione'?»

Teresa lo lasciò parlare. Era quasi affascinante nella sua determinazione. Marini sollevò il cellulare.

«Ho controllato. Tre sere fa hanno dato ET in tv, e subito dopo un programma sui misteri alieni. Non ha nulla da dire?»

«No.»

«Sta scherzando?»

Teresa si sporse verso di lui.

«Credo che Chiara abbia visto o ascoltato qualcosa che non avrebbe dovuto vedere o ascoltare, e che ora tutto stia affiorando. Ci ha detto: 'Hanno rubato il bambino.' Non ti inquieta?»

Marini sembrava deluso.

«Mi inquieterebbe se fosse vero, commissario.»

«Ha ripetuto che non era un sogno.»

Lui alzò le braccia.

«E quindi per lei non lo è?»

«Sua madre le dice sempre di contare, quando ha un incubo. Se non ci riesce, può stare tranquilla, e non aver paura.»

«Forse sono io che sto sognando, perché questa conversazione è assurda.»

Teresa lo afferrò per un polso.

«L'inconscio non sa contare, Marini. Ecco perché nei sogni non siamo capaci di digitare un numero di telefono che conosciamo a memoria, o di scriverne uno banale. Chiara ha detto di aver contato, da uno a dieci.»

«Allora deve essere vero per forza!» Marini si girò verso l'oste, ricomparso al tavolo accanto, e chiese a voce alta: «Scusi, di recente ci sono stati avvistamenti alieni nei paraggi? Luci misteriose sulle colline? No? Nemmeno un raggio traente?»

Dagli altri tavoli si levarono risate e battute in risposta.

Marini si girò verso Teresa, tronfio, ma una voce dal fondo della sala gli tolse il sorriso.

«C'è poco da ridere, giovanotto.»

13

Pietro Arturo si faceva chiamare Pieri, pretendeva che gli dessero del tu e sembrava avere almeno cento anni. Scorza dura, la sua pelle, corame stampato a rughe, con motivi a lineazione come le rocce affiorate dopo scontri rovinosi tra placche tettoniche. Il sorriso a labbra giunte non si spegneva mai e rendeva il mento del vecchio ancora più sfuggente, come quello di Braccio di Ferro. Tuttavia, si percepiva una forza ancora vivace scorrere nel corpo abbronzato da tante estati, così arrostito da non sbiadire più, nemmeno dopo settimane di pioggia, vento e nebbia.

Si accomodò volentieri al tavolo con loro, appoggiò il cappello di panno sulla spalliera e ordinò un Cabernet Franc. Questa volta, l'oste mandò un cameriere a servirli. Teresa osservò le dita nodose e tozze di Pietro cogliere lo stelo del calice come fosse quello di un fiore delicato. Erano le dita di suo nonno, quelle belle degli anziani occupati per una vita nei lavori all'aria aperta, le dita delle carezze ruvide, delle esistenze nel pieno dell'inverno, ormai rannicchiate su se stesse o forse già protese verso altro.

Pietro aveva una gran voglia di raccontare. Era gratificato dalla loro attenzione. Non doveva avere un carattere facile, anche se con loro si dimostrava amabile. A un certo punto prese di mira un uomo al bancone, con battute graffianti che sconfinavano nell'ironia feroce, a proposito di una vita da nullafacente e il vizio del gioco, ma l'uomo non reagì. Se ne andò quasi subito. Teresa incrociò il suo sguardo, era stravolto. Nell'agitazione, uscendo la urtò senza scusarsi. Lei si fece l'idea che le scaramucce in pubblico dovessero andare avanti da tempo e che quell'uomo ne fosse provato.

Studiò Pietro.

«Perché ce l'hai con quello? Che cosa ti ha fatto?»

Il vecchio masticò un pezzo di formaggio.

«Fa finta di non conoscermi, ma io glielo ricordo ogni volta, finché campo.» Si puntò un dito contro il petto. «*Io* non ho nulla da perdere, non lui.»

Mostrò una durezza che faceva impressione sul volto di un anziano. All'improvviso, si ammorbidì.

«Sono troppo buono, troppo. Sempre stato generoso con tutti.»

«Ti ha offeso?»

«È la vecchiaia che offende. Se ne stanno tutti lontani dai vecchi con un piede nella fossa.» Le strizzò un occhio. «Ma io non muoio. Non tolgo il disturbo.»

Quando il tavolo fu liberato dai piatti, Pietro propose una partita a briscola.

Marini si tirò indietro.

«Non so giocare a carte.»

Pietro lo guardò come se si fosse accorto solo in quel momento della sua presenza. Aveva capito da subito chi tra i due comandava lì, e non era Marini.

«Tresette» rilanciò Teresa.

«In due è meno divertente, ma va ben.»

Pietro mescolò le carte, Teresa tagliò il mazzo, lui le distribuì, e iniziarono a parlare.

«Che cosa volevi dire prima, Pieri? Perché c'è poco da ridere?»

L'uomo sogghignò.

«Ne sono successe di cose strane, da queste parti. Quelli là, quelli che avete visto al bancone, sono troppo giovani per ricordarle. Erano poco più che bambini. Ma se parlo io...»

Si riferiva a eventi lontani. Teresa aveva pessime carte e probabilmente un «testimone» inutile.

«Tu però te le ricordi bene, quelle cose strane.»

«Altroché.»

La mano era sua.

«Di che anno stiamo parlando?»

Pietro prese un sorso di vino, lo gustò rimestandolo in bocca prima di inghiottire.

«Era l'inverno del 1996 o quello del 1997. No, forse quello prima ancora. Il mese non me lo ricordo. Ma c'era la neve.»

«Più di vent'anni fa» sospirò Marini.
Pietro sbatté una carta sul tavolo.
«Sappiamo contare.»
Un'altra mano sua. Teresa sbuffò.
«Sono arrugginita.»
«Con me non vuole giocare mai nessuno. Mi piace giocare.»
«Che cosa successe vent'anni fa, Pieri?»
Il vecchio indicò Marini con un pollice.
«Quello che ha detto lui. Luci sulle colline, si muovevano nel bosco. Le hanno viste in tanti dal paese.»
«Anche tu?»
Esitò, come per scegliere la strategia migliore e quindi la carta da calare, o le parole giuste tra verità e menzogna. A Pietro piaceva giocare, forse era questo che stava facendo con loro.
«No, io no. Sono sempre andato a dormire con le galline. Ma le aveva viste uno che conoscevo, uno che balle non ne raccontava. Ah, se danzavano» disse. «Sembravano sospese, tra gli alberi. A volte fisse come stelle, altre saettavano così veloci che l'occhio non riusciva a stargli dietro. E poi, sparivano.»
«Si trattò di un episodio solo?»
«No.»
Teresa si stava stancando di perdere. Pietro forse se ne accorse, perché la lasciò platealmente vincere per due volte. Era un simpatico sadico, pensò lei, divertita.

Quelle piccole concessioni servivano soltanto a farla resistere fino alla sconfitta finale.

«Che cosa pensi che fossero quelle luci?» gli chiese, più per curiosità.

«Ufo.»

«Intendi dire alieni?»

«E che altro? Non mi credete, lo so, ma chi li ha visti ha pensato la stessa cosa. Se ne era parlato molto, qui, la gente usciva poco con il buio. La paura è rimasta per molto tempo.»

«Sparirono bambini?»

Si girarono entrambi verso Marini. L'ispettore ricambiava i loro sguardi con ironia palese.

Pietro gli agitò contro un indice ricurvo.

«Te l'ho già detto di non scherzare. Uno come te se la sarebbe fatta addosso, te lo dico io. Mica ero come mi vedete adesso! Sono cresciuto a pane e fatica, forte. Ci andavo ogni giorno su per quei prati, fino ai boschi. E anche con il buio. Ne ho fatti di chilometri, a cercar funghi. Li vendevo ai turisti di passaggio e ai ristoranti, ma ora non si fida più nessuno. Non c'è più fiducia.»

«Ne trovavi molti?»

«Quintali. Ero il migliore, fin da bambino. E ne ho sentiti di rumori strani, tra gli alberi. Ho ascoltato il silenzio che fa paura...»

«Il silenzio che vuol dire 'presenza'?»

Osservò Teresa, lo sguardo acceso.

«Mi hai capito, tu. Ma la prima volta che mi hanno raccontato di quelle luci, la prima volta, sì, io ho avuto paura, perché ho sempre saputo che non siamo soli.»

Marini dispiegò una cartina e gli chiesero di indicare la zona degli avvistamenti. Pietro andò a colpo sicuro, neanche il tempo di ragionarci su. Non era quella della casa di Chiara. Avevano sentito abbastanza per fare il punto della situazione.

La partita si concluse. Teresa aveva perso. Pietro aveva un sorriso da orecchio a orecchio.

«Grazie, Pieri.»

«Avete trovato quello che cercavate?»

Teresa gli sorrise.

«Purtroppo no, ma è stato molto interessante ascoltarti. Ora ti dobbiamo salutare.»

Lui sembrava dispiaciuto.

«Perché no?»

«Stiamo cercando informazioni su fatti molto più recenti. Forse. A dire il vero, non saprei neanche dirti 'cosa'.»

Lui si ficcò il cappello sulla testa.

«Siete stati dai Leban.»

Teresa rise.

«Ormai lo sanno tutti.»

«Come sta la bambina?»

«La conosci?»

«Chi credete che abbia intagliato i suoi piccoli amici?»

«Tu?»

«Sissignora.»

«Sta bene.»

Pieri la fissò con aria di chi la sapeva lunga e Teresa non stentava a credere che fosse così.

«Lei, forse» borbottò.

«Ho sentito dire che il padre deve soldi a qualcuno da queste parti.»

«Ah! Ne deve a tanta gente, ma non per la legge. A qualcuno è riuscito a ridarli, ma pochi. Lavorava in banca, ha convinto qualche stupido a fare gli investimenti sbagliati.» Si ticchettò la fronte con un dito. «Non me, anche se eravamo amici. Io non sono stupido, i miei soldi non li do alle banche.»

«Non siete più amici, tu e i Leban?» gli chiese Teresa.

«Non li vedo da oltre un anno. Da quando si sono trasferiti. Su per quella collina la mia Vespa non ci arriva.»

Teresa e Marini si guardarono.

«Trasferiti?»

14

La vecchia casa dei Leban era rimasta sfitta. Aloni neri macchiavano l'intonaco, le imposte avevano ceduto di schianto in alcuni punti, rigonfie d'acqua e muffe. Le spaccature lasciavano intravedere la polpa marcescente. Un cartello sbiadito avvertiva che l'abitazione era in vendita. Teresa si chiese se il proprietario desideroso di disfarsene fosse la banca in cui Alessandro Leban aveva celebrato la propria sconfitta e quella di altri con lui. Sempre che quella storia fosse vera.

Un paletto della recinzione si spezzò sotto la mano di Marini. L'ispettore imprecò, togliendosi una scheggia dal palmo.

«Sembra abbandonata da molto più tempo.»

Teresa si voltò, puntò lo sguardo sulle cime degli abeti che dal retro spiccavano oltre il tetto.

«È rivolta a nord» mormorò. Il sole non la lambiva nemmeno durante l'estate. Una casa sfortunata, malsana, affacciata sull'ombra tutto il tempo dell'anno. «Dovrebbero demolirla.»

Pietro li aveva condotti fin lì guidando la sua vecchia Vespa. Per qualche chilometro era stato solo un fanalino rosso che ondeggiava e spesso sbandava davanti al parabrezza della loro auto, quando non veniva inghiottito dalla foschia.

«Così si farà ammazzare» aveva sbottato Marini a un certo punto. «Ma proprio quando ci sono io dietro deve fare il pazzo!»

Anche Teresa aveva sentito il cuore in gola per tutto il tragitto. Era durato una decina di minuti, ma erano stati fin troppi.

«A volte i grandi anziani dimostrano sprezzo del pericolo» era riuscita a dire solamente.

«Lo troveremo sotto le ruote di qualcuno.»

Non era accaduto. Pietro li aveva accompagnati fino alla casa e si era congedato togliendosi il cappello, gli occhi non più appannati, ma lucenti.

«Grazie per la compagnia. Grazie.» Lo aveva ripetuto più volte, baciando la mano di Teresa.

Lei si era intenerita e gli aveva promesso che si sarebbero rivisti.

A cavallo della Vespa, Pietro si era rimesso il cappello e li aveva salutati un'ultima volta con un piccolo inchino, prima di tornare a essere un puntino rosso baluginante nel banco di nebbia.

Marini gli aveva gridato di fare attenzione.

«Dovevamo insistere per accompagnarlo a casa in auto.»

«Non sarebbe servito a nulla. Si sarebbe solo incazzato.»

Fecero un giro attorno alla casa.

«Quindi che si fa, di nuovo a censire alberi?»

Marini aveva già i capelli bagnati. Teresa tirò su la zip del giaccone. L'umidità iniziava a risvegliare vecchie infiammazioni.

«Non sei curioso di vedere se alla fine lo troveremo, il segno?»

«Un po' sì, a dire il vero.»

Si incamminarono. Era tutto così simile a quanto avevano già visto, ma riproposto come in un negativo fotografico: più cupo, più marcato. Inesorabilmente perduto.

Il fango generava un rumore di risucchio a ogni passo.

«Marini, per la prossima volta: abiti comodi. Jeans, un giaccone impermeabile e, soprattutto, scarpe da poter sporcare.»

Lui diede un'occhiata alle suole, appesantite da centimetri di fango e natura decomposta. Scoppiò a ridere.

«Se lo ricorda il nostro primo incontro?»

«Non lo dimenticherà nessuno dei presenti, Marini.»

«Era così incazzata con me.»

Teresa rifletté. Era davvero arrabbiata con lui? O con se stessa, con un corpo appesantito che le faceva da zavorra, con una mente claudicante? Con un assassino ferino che sembrava parte della foresta, e persino con il morto, che non aveva occhi in cui guardare per illudersi di leggervi chissà quale presagio.

«Mi ha mandato a rovistare in quel canale puzzolente, in cerca di... be', lo sappiamo.»

«Non riesci neanche a dirlo.»

«Potrei vomitare.»

«Forse un po' incazzata lo ero, sì.»

«Un po'? Comunque, non è che adesso vada meglio.»

Teresa gli diede un colpetto.

«Sei un tantino incline all'autocommiserazione. Non ti fa bene.»

Lui si fermò, ritto davanti a lei. C'era un lieve tremore nella sua voce.

«La capisco, sa? Ero arrivato in ritardo, ed ero convinto di dover cercare un uomo, solo perché...»

«Marini... non ero mica arrabbiata per questo.»

«No?»

«No. Ero incazzata per come mi avevi guardata.»

Lui ficcò le mani in tasca e inclinò un po' la testa.

«Ho paura di chiederglielo. Come l'ho guardata?»

Teresa tornò con la mente a quel giorno, alla sensazione bruciante di sentirsi giudicata solo per un aspetto poco vincente. Ci era abituata, ma questo non significava che fosse disposta ad accettarlo. «Mi hai guardata come qualcuno di poco conto, solo perché portavo abiti

pratici e non ero esattamente l'immagine della perfezione che tanto ti ossessiona. Il fatto che fossi una donna di una certa età, in mezzo a una scena del crimine e a una squadra di uomini, immagino, non ti è stato d'aiuto.»
Lui annuì lentamente, le labbra serrate.
«E mi ha punito.»
«Puoi scommetterci che ti ho punito. Ti ho dato una lezione che non scorderai mai più.»
«E la sa una cosa? Mi ha fatto bene.»
Lei nascose un sorriso.
«Ma davvero? Non si direbbe. Procedi, su.»
Marini andò avanti lungo il sentiero, ma non smise di parlare. Forse era stato il vino a sciogliergli la lingua, o forse aveva solo bisogno di passare un po' di tempo assieme a qualcuno per entrare in confidenza e mostrarsi per ciò che era davvero: un chiacchierone. Tanto che dopo un po' Teresa non gli prestò più attenzione e la voce dell'ispettore divenne un brusio di sottofondo che andava e veniva nella nebbia.
Teresa aveva bisogno di concentrarsi per restare presente, per non rischiare di perdere se stessa nella bruma che a volte avvolgeva i suoi ricordi.
Solo quando il silenzio fu assoluto, si accorse di averlo perso di vista da un po'. Istintivamente, si mise in ascolto.
«Marini?»
Da qualche parte, un gufo parve farle il verso.

Gli alberi sembravano tutti uguali, il sentiero era scomparso sotto il fogliame che la pioggia aveva strappato ai rami. Teresa sentì il cuore accelerare i battiti. Aveva caldo e freddo, e un ronzio nelle orecchie la intorpidiva.

«Marini!»

Scelse una direzione e percorse qualche metro, sapendo perfettamente di stare facendo la cosa sbagliata, ma restare ferma era contro natura per lei.

Gridò ancora il nome dell'ispettore. Il richiamo si smorzò non appena intravide una sagoma scura qualche metro più avanti e si trasformò in una mezza imprecazione.

«Perché non rispondi?» lo apostrofò, sollevata.

Era di spalle, davanti a un albero. La sua perfetta immobilità la spaventò.

«Marini?» chiamò piano.

Lui voltò appena la testa. Teresa seguì il corso di una goccia d'acqua lungo il profilo del suo viso.

«Aveva ragione. È un'acacia» lo sentì dire.

Fece un passo di lato, il sipario si aprì. Teresa spalancò la bocca.

15

Sulla corteccia, annerite dal tempo ma profonde come ferite mai rimarginate, la mezzaluna e la stella trasudavano l'inizio di un racconto.

Teresa allungò una mano per sfiorarle, ma quella di Marini si strinse sulle sue dita.

«No.»

Aveva ragione.

Teresa guardò in basso. La terra era compatta, il fusto si iniettava nel suolo senza sollevare nemmeno un sassolino. Era terra battuta dal tempo.

Da giù, verso la casa, qualcuno li chiamò.

Teresa guardò Marini, interrogativa.

«De Carli e Parisi» le disse.

«Perché diavolo li hai chiamati?»

«Hanno chiamato loro, per sapere come andava.» Si avviò incontro ai colleghi. «La squadra si riunisce.»

«La squadra si riunisce? Non c'è nessuna inchiesta.»

Parlò a se stessa, perché lui non rimase ad ascoltarla. Quando la raggiunsero, Teresa allargò le braccia.

«È quasi Natale, andatevene a casa.»

Parisi s'incamminò dritto verso il segno, lo studiò con le mani sui fianchi.

«E perdermi questa storia? Neanche per idea.»

«Probabilmente non c'è nessuna storia.»

«Marini dice il contrario. A proposito, perché ha chiesto a lui di accompagnarla?» Fece finta di abbassare il tono della voce, una mano davanti alla bocca. «È l'ultimo arrivato.»

«Salve, capo.»

De Carli aveva portato l'occorrente per la raccolta delle prove.

Teresa non riusciva a crederci.

«Siete passati in centrale.»

«Sì, ma nessuno ha fatto domande.»

«Che cosa vi ho insegnato in tutti questi anni?»

De Carli aprì la valigetta con l'occorrente.

«A essere bravissimi a sottrarci alle domande. Da dove partiamo?»

I suoi ragazzi. Preziosi in un modo che probabilmente ancora non comprendevano fino in fondo.

Tutti guardarono Teresa. Toccava a lei decidere.

«Scaviamo.»

Non ci volle molto. Dopo pochi affondi trovarono una porzione di tessuto che prometteva di essere solo la punta di un iceberg sepolto là sotto. Il buco scavato dalla paletta portatile divenne una fossa, e la fossa dischiuse il proprio segreto al mondo in superficie.

Marini infilò i guanti di lattice e si piegò su un ginocchio.

«Quando c'è da fare qualcosa di disgustoso, tocca sempre a me.»

Prese un respiro profondo prima di scostare i lembi di stoffa rossa divorati dal tempo.

16

Le braccia strette attorno al piumino che la copriva fino agli scarponcini, Giulia osservava il contenuto dei sacchetti ermetici trasparenti. Era tornata nella vecchia casa da sola, come forse si sentiva in quei giorni.

Parisi aveva steso le buste su un'asse che nella vita precedente della famiglia Leban era stata usata come tavolo da giardino. Sulla superficie erano ancora visibili i disegni di Chiara. Un unicorno volava tra le nuvole.

Teresa non le aveva spiegato nulla, nemmeno dopo che le domande si erano fatte insistenti. Aveva voluto metterla davanti al ritrovamento senza prepararla; la reazione istintiva della donna era un elemento fondamentale da osservare, ma finora il suo corpo non aveva raccontato molto.

Giulia indicò l'involto di stoffa rossa.

«Che cos'è?»

«Un sacco a pelo, piuttosto malandato.»

Giulia spostò lo sguardo sul contenuto della seconda busta. Quello non richiedeva spiegazioni. Teresa la vide portare una mano alla bocca.

«Apparteneva a Chiara?»

«No. È che mi fa impressione.»

Il peluche lercio era un coniglietto privo di un occhio e rattoppato in più punti.

«Non riconosce questi oggetti?»

«Non sono di Chiara, no. Non li ho mai visti.»

«Ne è sicura?»

«Sì.»

Teresa richiuse la zip delle buste.

«Pensiamo anche noi che fossero sotterrati da molto più tempo, ma volevamo comunque toglierci ogni dubbio.»

Giulia rabbrividì vistosamente.

«Abbiamo vissuto in questa casa per anni. Queste cose sono state sempre... *sepolte* là sotto?»

Era inorridita al pensiero che la terra su cui aveva costruito la sua famiglia fosse in qualche modo profanata da un mistero. Guardò la vegetazione.

«E quei segni sull'albero... sembrano un malocchio.»

Teresa le circondò le spalle con un braccio e la accompagnò verso l'auto.

«Sono sicura che non lo siano. Non mi danno quell'impressione.»

«Ne ha visti molti per dirlo?»

«Simboli esoterici, intende? Sì, parecchi, e di tutti i tipi.»

«Non vorrei farlo, il suo lavoro.»

Teresa sorrise, ma nella piega delle labbra sentì gravare il peso di anni trascorsi a contatto con le manifestazioni del male. Era ciò che aveva visto, forse, ad averla imbruttita.

«A volte l'ho pensato anch'io.»

«Ora non più?»

Teresa era rassegnata ad amare ciò che altri saggiamente scansavano.

«È una vocazione. Non chiede ragioni, né calcoli.»

Giulia si fermò.

«Pensa che siamo in pericolo?»

Teresa avrebbe voluto farle una carezza, tanto le parve vulnerabile.

«No. Non c'è nulla che me lo faccia pensare.»

Le labbra della donna tremarono.

«Stava per aggiungere 'al momento', vero?»

«*No*. Non vi nasconderei certi dubbi, mai.»

Incrociarono De Carli impegnato in una telefonata. Fece un cenno d'intesa a Teresa e si allontanò di qualche passo.

Davanti alla macchina, Teresa volle togliersi una curiosità nata fin dal loro primo incontro.

«Chiara vi ha mai parlato degli elementi ricorrenti del sogno prima di questi giorni? Magari in altra forma, come se fossero una fiaba, o un ricordo, l'esperienza di qualcun altro?»

Giulia non sembrò avere dubbi.

«No, ve lo avrei detto.»
Non era una buona notizia.
«Va bene. Torni a casa e cerchi di stare tranquilla. Mi creda: se ci fosse qualcosa di cui preoccuparsi, glielo direi.»
Giulia azionò il telecomando, ma non accennò ancora a salire in auto.
«Me lo direbbe altrettanto schiettamente se pensasse che Chiara fosse pazza, o...»
«O?»
Abbassò la voce.
«Diversa?»
Teresa comprendeva il suo turbamento.
«Ci sentiamo tutti un po' diversi, quando qualcosa non funziona bene nella nostra vita, e io lo so bene. Chiara non ha nulla che non vada.»
Giulia ricambiò il sorriso, ma apparve forzato.
«Ha mai pensato che il peso da sopportare fosse troppo?»
Se ne andò senza attendere la risposta e Teresa restò a guardare la strada anche quando l'auto non fu più visibile. Poteva quasi sentire la traccia emotiva che la donna aveva lasciato dietro di sé. Disperazione e speranza, paura e sollievo si mescolavano nell'aria che respirava, come in un frutto zuccherino appena intaccato dalla putrefazione. Polpa succosa e vermi. Era un grido d'aiuto, quell'ultimo interrogativo.

Marini la raggiunse, ormai un tutt'uno col fango, e fece la domanda a cui Teresa stava cercando di dare una risposta.

«Come intende procedere? *Se* intende procedere.»

Lei ragionò a voce alta.

«Non abbiamo trovato tracce di resti umani. Almeno, non in apparenza. Servirebbero analisi più approfondite.»

«Sulla base di quali elementi? Stiamo girando in tondo, commissario: o ammettiamo che siamo qui per rincorrere un sogno e chiudiamo la questione, o decidiamo di crederci e andiamo avanti, ma se andiamo avanti, dobbiamo seguire le procedure.»

Teresa rimestò nelle tasche in cerca di una caramella. La scartò e iniziò a masticare. Masticare la calmava.

«Non abbiamo elementi per aprire un caso» continuò Marini. «Lo sa meglio di me.»

Teresa fece un cenno verso il tavolaccio con le buste.

«Tranne che ciò che ha detto Chiara è almeno in parte vero.»

«Ci sono mille modi diversi per spiegare il racconto della bambina, una metà abbondante dei quali più che convincente.»

«E ci sono mille strade diverse per capire quale, tra tutti, è quello vero, ispettore.»

Marini stava cercando di togliere le macchie dall'orlo dei calzoni con un fazzoletto. Si fermò per guardarla.

«Con 'strade diverse' intende dire che non seguiremo le procedure, vero?»

Teresa gli diede un buffetto sulla guancia.

«Vedi che stiamo imparando a capirci?»

«Non posso credere che lo farà.»

De Carli li chiamò, aveva concluso la telefonata. Teresa gli fece cenno di aspettare e si rivolse a Marini. Aveva bisogno di tastare fino in fondo di che pasta fosse fatto l'ispettore.

«Da sola non posso fare proprio niente. Ho bisogno di una squadra e tutto questo si risolve in un'unica domanda: vuoi farne parte oppure no?»

«Io *faccio* parte di questa squadra.»

«Certo. Formalmente, fisicamente, ma qui?» Gli puntò un dito sulla fronte. «E qui?» Glielo puntò all'altezza del cuore. «Fino a che punto sei un poliziotto? Fino a che punto sei disposto a seguire le tracce assieme a noi?»

«Fino ad arrivare al nulla? È questo che mi chiede?»

Teresa scoppiò a ridere.

«Si arriva spesso al nulla, ispettore, lo scopri solo adesso? Ma il nostro lavoro non è trovare: è principalmente *cercare*. E se alla fine capiremo che non c'era nessuno a cui dare la caccia, meglio! Ora rispondi alla domanda.»

Marini si voltò verso i colleghi. De Carli e Parisi stavano aspettando.

«Guarda che non risponderanno al posto tuo.»

«Lo so!»

«E allora, coraggio: non ti boccerò, in nessun caso. Ci rivedremo in ufficio dopo le ferie, come se nulla fosse, ma se resti, allora voglio da te dedizione, fiducia e ossessione.»

Lui puntò le mani sui fianchi. Quasi tremava.

«Magari quel sacco a pelo e il peluche appartenevano a campeggiatori di passaggio, i boschi sono una discarica. Lei mi chiede di avere fede.»

Teresa non gli concesse nemmeno un centimetro di corda, continuò a tirare.

«È così. Fede nel tuo lavoro, Marini. Si chiama 'vocazione'. Pensi di averla? Perché finora io non l'ho vista.»

Dopo un lungo momento, le parve di vederlo annuire.

«È un sì quello?»

«È un sì.»

Bene.

«Staremo a vedere.»

17

Raggiunsero De Carli e Parisi.
«Ci sono novità interessanti, commissario.»
De Carli le mostrò il cellulare.
«È la rassegna stampa che mi ha detto di cercare.»
Teresa scorse i file, li aprì e lesse, dando il tempo a tutti di assimilare le informazioni.
Marini le condensò in una frase.
«Non si trattava di alieni, ma di stranieri.»
Teresa riconsegnò il telefono a De Carli.
«Per qualcuno è la stessa cosa.»
Come aveva fatto a non pensarci prima?
Si accosciò, i gomiti sulle ginocchia, le mani sulla fronte, come per reggere pensieri troppo pesanti. Voleva osservare il bosco dal basso, dall'intrico di rovi che in quel momento rappresentava una sublime metafora delle difficoltà che la vita in fuga doveva superare per raggiungere la speranza.
Inverno del 1995, uscirono molti articoli sui quotidiani locali. La storia degli avvistamenti alieni si sgonfiò subito, non appena trapelò una verità non meno spa-

ventosa, ma chissà come mai più tollerabile: quella della rotta balcanica.

La guerra che incendiò la Bosnia ed Erzegovina vide contrapporsi in conflitti sanguinosi serbi, croati e bosniaci musulmani. Anche dopo la sua fine, gli scontri religiosi e culturali continuarono a mietere vittime.

Teresa raccolse una manciata di terra. Tra le dita scorrevano i passi che l'avevano battuta, e che a un certo punto erano scomparsi.

«La pulizia etnica nei confronti dei musulmani fu devastante.»

Le immagini le scorsero nitide davanti agli occhi.

Case saccheggiate e bruciate. Processi sommari, uccisioni. Campi di concentramento, stupri di guerra. Infine, quella di una mezzaluna e di una stella.

Si alzò, andò a passo spedito verso l'albero segnato dalle incisioni, seguita dagli altri.

Vi arrivò senza fiato.

«La luna crescente è un simbolo antichissimo, collegato ad Artemide. Fu anche il primo simbolo di Bisanzio, città consacrata alla dea greca. Quando il Cristianesimo si fece largo fino a Costantinopoli, alla luna fu aggiunta una stella, come simbolo della Vergine Maria, ma per i musulmani, più tardi, rappresentò il profeta Maometto.»

Una storia millenaria si dispiegava lungo quelle linee. Immaginò un'ombra incidere le due figure sulla corteccia, per poi inginocchiarsi in preghiera.

«Non è un simbolo esoterico» disse. «È musulmano. Le misteriose luci danzanti tra gli alberi erano le torce dei profughi di guerra in fuga. Si sono fermati qui.»

Guardò la terra smossa ai suoi piedi. Avevano sepolto il sacco a pelo. Per quale motivo rinunciare a un oggetto così prezioso in una fuga tra i boschi? Oppure nasconderlo era più importante di qualsiasi altra considerazione?

«Chi ha preso il bambino si è preoccupato di far scomparire ogni traccia del suo passaggio. Proprio qui, ha sepolto il segreto.»

«La polizia di frontiera non è distante» disse Parisi. «Potremmo andarci adesso e chiedere informazioni.»

Teresa era dubbiosa. Tornò indietro, raccolse le sue cose.

«Capitare lì senza preavviso per chiedere un favore non sarebbe una mossa furba. Ci andremo domani, con un appuntamento.»

Guardò l'ora. Era in ritardo per il suo, di appuntamento.

La stanza del REMS aveva finalmente preso vita. Gli operatori avevano appeso i disegni che Andreas aveva fatto dopo il loro primo incontro. Erano straordinari. Teresa non sapeva che disegnasse. Li ammirò uno per uno, conscia degli occhi di lui addosso. Se la prima volta era stato difficile ottenere quello sguardo, adesso non era possibile liberarsene. Lo lasciò fare, mentre lei passava lentamente in rassegna le figure. I tratti del pennello intinto nel colore nero le ricordavano quelli degli ideogrammi orientali, ma rappresentavano un animale, sempre lo stesso: un'aquila con le ali spiegate, poi ferita, un nido vuoto, l'animale in caduta libera, lo stesso posato su un ramo, in altri fogli il rapace a terra, il collo allungato verso il cielo. Erano rappresentazioni vivide, estremamente accurate nelle proporzioni e nella prospettiva, con dettagli di grande realismo, nonostante i tratti minimali.

«Sono molto belli, Andreas. Sei un osservatore attento.»

Lo raggiunse. Il cappuccio della felpa questa volta era abbassato, i capelli raccolti in una crocchia sulla nuca. I polsi restavano legati, Teresa non aveva ottenuto nulla al riguardo.

Lo stava fissando. Quando se ne rese conto, provò imbarazzo.

«Scusa, se ti guardo.»

Prese il libro e lo posò tra loro due.

«Vuoi che continui a leggertelo?»

Andreas non reagì, il suo viso era imperscrutabile. Le mani restavano sul tavolo, i palmi costretti l'uno contro l'altro. Teresa provava una tenerezza struggente e il bisogno di sciogliere i nodi che lo imprigionavano, ma doveva scendere a patti con la realtà.

Indicò il libro.

«Ho bisogno di un incoraggiamento, Andreas. Sii gentile e fammi capire che cosa desideri, altrimenti potrei pensare che non mi vuoi qui. Ti va di ascoltare come continua la storia del padre e del bambino?»

Teresa attese pazientemente, contando i secondi, che divennero minuti. E se fosse stato tutto inutile? Se davvero la sua presenza fosse insignificante?

Non era pronta a lasciarlo andare, questa era la verità. Quel contatto serviva a lei, per illudersi di non aver condotto il giovane uomo in una gabbia che l'avrebbe trattenuto per sempre, che c'era speranza di accompagnarlo in una nuova vita e lui non si sarebbe consumato nella solitudine.

Ma Andreas non faceva nulla.

«Va bene, come vuoi. Se non ti dispiace, però, resterò qui fino alla fine del colloquio. Ti faccio compagnia in silenzio.»

Lui allora allungò le mani giunte e con le dita spinse il volume verso di lei. Un centimetro di spazio che rappresentava un ponte su un oceano.

Teresa allungò le sue e per un attimo lo sfiorò.

«Sono contenta. Sono molto contenta.»

Si affrettò a pulire gli occhiali da lettura per nascondere l'emozione, e cercò la pagina con il segnalibro.

«Ricordi dov'eravamo rimasti prima che dovessi andarmene? Questo è un pensiero del padre, attorno a loro il mondo è cambiato. La foresta che conoscevano non esiste più.» Si fermò, prima di aggiungere: «Come la tua, in un certo senso. L'hai persa, ma non è distrutta».

Si schiarì la voce e ricominciò a leggere da dove aveva interrotto.

«'Rimase ad ascoltare lo sgocciolio dell'acqua nei boschi. Era roccia fresca, quella. Freddo e silenzio. Le ceneri del mondo defunto trasportate qua e là nel nulla da lugubri venti terreni. Trascinate, sparpagliate e trascinate di nuovo. Ogni cosa sganciata dal proprio ancoraggio. Sospesa nell'aria cinerea. Sostenuta da un respiro, breve e tremante. Se solo il mio cuore fosse pietra.'» Lo guardò e le parve che il respiro fosse più veloce, la sua espressione mutata. Non era che un'ombra, ma c'era. Appoggiò la guancia sulla mano. «È così che ti senti?»

Non aveva formulato la domanda aspettandosi una risposta, ma la risposta arrivò. Lo sguardo di Andreas per un momento la lasciò e puntò i disegni appesi alle sue spalle. Un gesto deliberato che pareva un invito.

Teresa si voltò, tornò a guardarlo. Guardò ancora i disegni. Si avvicinò per studiarli. Ne staccò un paio e li scambiò di posto. Fece lo stesso con altri due. Li invertì di posto ancora, fino a quando non lo vide.

Sulla parete c'era un racconto che nessuno aveva compreso. Teresa fece due passi indietro.

L'aquila spiccava il volo dal ramo e si librava nell'aria con colpi d'ala possenti, saliva verso il cielo ma alla fine sbatteva contro la finestra e cadeva a terra, un'ala piegata e ferita, l'altra stesa come per tentare l'impossibile. Al di là della finestra, Teresa aveva appeso l'ultimo disegno, quello con il nido vuoto.

Il mondo di Andreas lo stava aspettando oltre l'inferriata.

Cercò il suo sguardo.

«È così? È così che te lo immagini?»

Il viso di Andreas era inespressivo come tutti si erano abituati a vederlo, ma la luce baluginava negli occhi. Quei riflessi erano forse lacrime?

Teresa prese la sua sedia e la portò sotto la finestra, poco più di un pertugio, troppo alto per lei. Salì e l'aprì. Una folata di vento la investì e raffreddò la stanza. Com'era gelida l'aria che soffiava da nord, e profumata, prometteva neve.

«È ancora là, la tua casa ti sta aspettando. La senti?»

Anche Andreas protese il viso, alla ricerca istintiva di quella traccia olfattiva. Quando la trovò, si alzò. La sedia cadde, un inserviente spalancò la porta per controllare, ma Teresa lo fermò con un cenno.

«Il tuo cuore non è pietra, Andreas. Non lo è, no. Senti.» In piedi sulla sedia, appoggiò una mano sul cuore e lo invitò a fare lo stesso. «*Senti.*»

Non si mosse.

«Avanti, coraggio!»

Nell'impeto, Teresa mise un piede in fallo, ma non rovinò a terra. Le braccia di Andreas la afferrarono, e così la tennero.

Nel trambusto degli uomini e delle donne che irruppero nella stanza, delle voci concitate, del vento che continuava a soffiare, Teresa sentiva solo quel cuore battere furioso sotto di lei, incurante delle catene che imprigionavano il corpo.

Nel libro c'era un passo che l'aveva sempre toccata in modo profondo. Parlava dell'oscurità della notte quando la luna era invisibile e di un giorno in cui il sole pareva esiliato e girava attorno alla terra come una madre in lutto con una lanterna in mano.

Ma fuori la luna era nascente e la neve riluceva sulle

cime, stagliate contro il blu cobalto del cielo, e Teresa aveva quel cuore possente sotto il viso che chiamava la vita. Non era tempo per essere una madre in lutto.

Si arrischiò a stringerlo per un momento, un solo attimo di follia, completamente dimentica della confusione attorno a loro, dimentica dell'animale che lo abitava. Se suo figlio fosse sopravvissuto, sarebbe stato forte come lui, ne era certa. E con quel cuore puro e selvaggio.

Se ne staccò riluttante e gli batté con delicatezza sul braccio. Con altrettanta delicatezza lui la posò a terra.

Li separarono, ma loro si erano già trovati.

L'indomani, Teresa si presentò nella sede della polizia di frontiera accompagnata da Marini.

«Com'è andato il suo appuntamento di ieri sera?» chiese lui, chiudendo la macchina.

Teresa controllò che il diario fosse nella borsa. Si rese conto che il gesto stava diventando ossessivo, ma non poteva farne a meno. Quel diario aveva iniziato a contenere la sua vita, i ricordi, i dubbi, ogni singolo avvenimento della giornata. Custodiva tutta se stessa, oltre a un segreto.

«Bene.»

«Solo 'bene'?»

Teresa decise di divertirsi un po'.

«Lui è davvero un gran bel tipo. Fuori dal comune. A dir poco.»

Lo vide aggrottare le sopracciglia. Sembrava che qualsiasi apprezzamento fatto su altri ne accendesse lo spirito competitivo, o il senso di inadeguatezza.

«Davvero?»

Teresa cercò di restare seria.

«Oh, sì. Mai incontrato nessuno del genere in vita mia, e non è un modo di dire.»

«Piacente?»

Teresa sospirò, per un attimo socchiuse gli occhi, sognante.

«Piacente non rende affatto l'idea, Marini. È magnetico. Magnetismo animale, intendo. Un vigore non solo fisico...»

«Va bene, ho capito.»

L'ispettore era avvampato. Teresa decise di chiudere l'argomento.

«Forse un tantino giovane, sì, ma è come se avesse vissuto mille vite.»

Ora Marini sembrava preoccupato.

«Quanto giovane?»

Eccoti la bomba, pensò Teresa.

«Come te, più o meno. Qualche anno in più.»

«*Come me?*»

«Oh, Marini, mi fai sentire vecchia se reagisci così.»

Erano arrivati alla reception. Diedero le credenziali e attesero di essere indirizzati al referente che li avrebbe accolti.

Mentre camminavano verso l'ufficio, Teresa poteva percepire la rigidità dell'ispettore, una certa avversione che trasudava.

«Che c'è?» gli chiese bisbigliando.

«*Come me?* È il tipo del libro, vero?»

«Il moribondo, sì.»

Non ci fu tempo per un altro scambio di battute. L'omologo di Teresa li accolse sulla porta, invitandoli a entrare. I convenevoli furono sbrigativi.

Il commissario Gianluca Magris aveva quindici anni meno di lei e un corpo atletico e prestante, era evidente anche attraverso gli abiti. L'abbronzatura estiva non era ancora scomparsa, messa in risalto dall'azzurro delle iridi e dal taglio corto dei capelli, di un biondo scuro solo leggermente brizzolato ai lati. Davanti a colleghi come lui, Teresa si sentiva in difetto, si interrogava su quanto la mente potesse correggere il divario fisico fino a colmarlo, ma ormai anche quella zoppicava. Si chiedeva, senza darsi risposta, se fosse ancora in grado di fare il proprio lavoro.

«Dopo la vostra telefonata, mi sono documentato» stava dicendo Magris. «All'epoca non prestavo servizio presso questa questura, ma ho comunque lavorato in altri posti di frontiera, anche se con meno problematiche. Questa regione è un crocevia.»

Teresa poteva comprendere meglio di altri. La storia della sua famiglia era un crocevia, il suo stesso sangue portava le tracce di passi giunti da lontano, sospinti da venti di guerra, impugnando una sciabola.

«I confini sono fratture» disse. Correvano sulla terra, spaccavano il territorio.

Magris sembrava interessato al suo diario, agli appunti che stava vergando, ma lo sguardo interrogativo di Teresa lo riportò a lei.

«Sì, sono interruzioni nel tessuto economico e sociale, per non parlare di quello politico. E non sempre sulle interruzioni vengono costruiti ponti.»

Decisamente no. Venivano eretti muri. Quella terra ne aveva sopportato il peso.

«Che cosa può dirci delle migrazioni degli anni Novanta sulla rotta balcanica?»

«Come sapete furono migrazioni di massa provocate dal conflitto. In tre anni si spostarono poco più di due milioni di persone e con la fine della guerra non tutti tornarono nei luoghi di origine, anzi, molti altri se ne andarono. In questa zona i picchi li abbiamo avuti nel 1996 e nel 1997. La tensione provocata dalla questione etnica restava alta. I colleghi che erano già operativi lungo il confine raccontavano di come fosse difficile tranquillizzare la popolazione locale. In un paio di casi la gente del posto organizzò ronde per spaventare i profughi e farli allontanare. Se c'erano donne e bambini andava bene, ma se i gruppi erano di soli uomini allora la paura aveva la meglio. È comprensibile.»

Teresa smise di scrivere.

«Ronde?»

«Facevano soltanto un sacco di rumore, nient'altro. Accendevano luci, facevano suonare sirene da stadio.

Un modo più pacifico di altri per dire a quei disgraziati di andare avanti e non fermarsi proprio lì, a casa loro.»

Teresa immaginò i profughi immersi in un bosco sconosciuto, sentì sulla pelle la loro paura per quei rumori aggressivi, per le luci che braccavano la speranza spingendola via, lontano.

«Queste reazioni coinvolgevano gli abitanti dei paesi?» domandò.

«No, non mi fraintenda. Si trattava di pochi elementi che reagivano alla paura in quel modo, ma problemi veri non ne hanno mai dati. La popolazione era spaventata, ma comprensiva. Si dimostrò accogliente.»

«La polizia quando interveniva?»

«Come accade ora. Su segnalazione, o nel corso di un giro d'ispezione. Si identificano le persone, viene chiamato un mediatore culturale. Se c'è bisogno, accompagniamo i profughi in ospedale per una visita medica, spesso hanno bisogno di cure, soprattutto ai piedi. Arrivano che sono consumati.»

«Solo quello, solo ferite ai piedi?» chiese Teresa.

Il collega non si tirò indietro.

«No, non solo. A volte oltrepassare un confine costa qualche livido di altro genere.»

Fece un gesto eloquente con la mano per mimare percosse.

Calò un silenzio impossibile da colmare con parole che avessero davvero valore. Teresa fece ciò che poteva per eclissare la carica venefica di quelle appena pronunciate, anticipando il resto della procedura.

«E poi i profughi richiedenti asilo venivano e vengono accompagnati presso una struttura di accoglienza.»

«Esattamente. Non è cambiato poi molto. Ora disponiamo di meno uomini ma più tecnologia. Droni, sensori per frequenze cardiache...»

Teresa aveva sentito parlare della nuova strumentazione di cui disponeva la polizia di frontiera. Scovava le persone nascoste nei tir rilevando il battito del cuore.

«Ho detto qualcosa che l'ha disturbata, commissario Battaglia? Ha cambiato espressione.»

Magris la stava mettendo alla prova, la stava osservando da quando lei era entrata. Era uno sguardo schietto, il suo, ma non si trattava solo di quello. Era la superficie di ciò che in realtà stava facendo: Teresa era sicura che contasse i suoi battiti di ciglia, che cogliesse i tic nervosi invisibili ad altri, i cambi nel tono della voce, il linguaggio silenzioso del suo corpo, ma non era così subdolo da nasconderlo. A quell'uomo piaceva parlare chiaro. Non aveva timore a svelarsi e lei non sapeva ancora se questo avrebbe potuto rappresentare una complicazione. Se fosse l'indizio di un problema.

Non si nascose nemmeno lei.

«Per deformazione professionale, commissario Magris, sono abituata a calarmi nei panni dell'altro, anche di chi sto cercando di catturare.»

Magris la guardò con ancor più intensità, quasi a volerle togliere la pelle per arrivare più a fondo.

«E allora lei quei cuori li sente battere, quando li nomino, vero?»

Nel petto, sì, spaventati, ma Teresa non rispose.

«Le migrazioni lungo questa via sono riprese?» si informò Marini, spezzando il momento fin troppo rivelatore.

Magris si stese contro lo schienale della poltrona, giocando con la penna che teneva tra le dita.

«Non sono mai cessate e i dati di cui disponiamo mostrano numeri in crescita. Prima fuggivano dalle guerre balcaniche, ora da molto più lontano: questa rotta ormai è l'unica per raggiungere il Nord Europa, la destinazione finale dei viaggi, ma percorrerla sta diventando sempre più difficile.»

«Per i controlli?»

«Per quelli e per l'opera delle organizzazioni criminali. Attualmente, quasi centomila persone sono ospitate nei centri profughi in Grecia, Serbia, Bosnia ed Erzegovina, Croazia e Slovenia. Rimangono bloccate per anni, non possono nemmeno tornare indietro. Arrivano da Iraq, Pakistan, Siria... Dopo migliaia di chilometri hanno trovato i confini chiusi e per continuare non resta altro da fare che affidarsi ai trafficanti di vite umane. Spesso non finisce bene.»

«Chi era il responsabile qui all'epoca che ci interessa?» chiese Teresa.

«Il dottor Bruni. È andato in pensione da qualche anno.»

Teresa si sfiorò la testa.

«Giusto, l'ho conosciuto.»

Si fece passare da Marini la cartina e con la penna tracciò un cerchio.

«Potremmo avere per favore qualche nota sui ritrovamenti dei gruppi di profughi in questa zona nell'inverno tra il 1995 e il 1996? Non dovrebbero essere molti. In realtà, in quest'area me ne aspetto solo uno, ne scrisse anche la stampa locale: accadde la notte del 31 ottobre 1995.»

«In via informale?»

«Informale, sì.» Teresa sentì il bisogno di minimizzare. «Ci stiamo solo facendo un'idea della situazione all'epoca, per un controllo relativo a tutt'altro caso.»

«Posso conoscere i dettagli? Sarebbe più facile capire come collaborare.»

«*Come?*»

«Intendevo dire che tipo di documenti cercare: interrogatori, ispezioni, fermi...»

«Cerchiamo un migrante scomparso quella notte.»

«Allora basta inserire il nome nel database.»

«Temo non sia così facile. Non conosciamo il nome.» Teresa si alzò. «Se devo essere sincera, non sappiamo nemmeno se sia esistito davvero.»

Il collega sorrise e si alzò.

«Vi farò avere tutte le informazioni disponibili.»

«Grazie.»

Non lasciò andare subito Teresa, la chiamò indietro quando stava uscendo.

«Commissario Battaglia?»

Lei attese.

«Nel nostro lavoro a volte siamo costretti a rinnegare l'emotività, per applicare la legge. I sentimenti non sono contemplati nel manuale, ma qui non scordiamo mai chi siamo, cerchiamo comunque di restare umani e di trattare gli altri come tali.»

Teresa lo comprendeva.

«È successo anche a me di dover soffocare le emozioni, per fare al meglio il mio lavoro» gli disse. «Non è un carico facile da portare.»

Una volta saliti in macchina, Marini fece la domanda a cui entrambi pensavano.

«Crede che Magris ci aiuterà?»

«Perché non dovrebbe?» Teresa lo chiese in realtà a se stessa.

«Non so. Non ha detto o fatto nulla di male, ma ho avuto una sensazione strana. Di un autocontrollo fuori del comune. Disturba, se ci pensa, avere di fronte una persona del genere.»

Non disturba. Intimorisce, pensò lei. Una paura istintiva e irrazionale, perché non c'era alcun pericolo immediato. Non era l'Io a essere in confusione, ma l'inconscio a sentirsi disorientato da ciò che, cieco, aveva tastato.

«È una terra difficile questa, Marini, che richiede una certa forza. Sotto le apparenze, poggia le fondamenta su strappi ardui da sanare.»

Gli indicò un punto oltre le colline verdeggianti.

«Da quella parte c'è Merna, un piccolo paese sloveno. Nel '47 il suo cimitero fu diviso in due dal nuovo confine tracciato dagli Alleati. Passava sopra le tombe, una follia. Da una parte Italia, dall'altra Jugoslavia, persino i morti non sapevano da che parte stare. Ci vollero trent'anni per arrivare a una soluzione razionale, tracciando il confine lungo il perimetro del cimitero. Questa stessa città è stata divisa da un muro fisico, che non passava solo sulle carte. E poi credi che sia facile veder arrivare ogni giorno dei disperati e sapere di doverne rispedire la maggior parte al mittente? Di vedere la gente che si lancia da un camion in corsa per sfuggirti?»

«Non lo metto in dubbio, ma...»

«Arrivi dalla grande città e pensi che in quelle piccole ci siano solo piccoli problemi. Non è così. Qui la terra scotta e ci mandano solo chi è in grado di gestirla. Ho dato un'occhiata al curriculum di Magris, prima di incontrarlo.»

«Impressionante?»

«Dimmelo tu. Anticrimine e antidroga, NOCS. Ha collaborato con l'FBI e con l'Antiterrorismo israeliano.»

«È un duro.»

«Eccome.»

Marini mise in moto.

«Il problema con i duri, commissario, è capire se sono disposti a stare dalla tua parte, perché se ce li hai contro, be'...»

Teresa non poteva dargli torto. Infilò una caramella in bocca.

«Allora speriamo di stargli simpatici.»

Il mondo ondeggiò come in un terremoto silenzioso. Teresa si aggrappò alla portiera. Sentì le braccia di Marini sorreggerla.

«È solo un capogiro.»

Ma la vista si oscurò.

«Non sono svenuta!»

Teresa chiuse il rubinetto e afferrò un asciugamano. Quante volte avrebbe dovuto ripeterlo?

«Guardi che c'ero.» La voce di Marini arrivò attutita al di là della porta del bagno.

Del *suo* bagno, a casa *sua*, pensò Teresa, angosciata. Un territorio che si era sempre preoccupata di difendere e custodire, sottraendolo al proprio lavoro. Era uno specchio fin troppo rivelatore. E l'ispettore non sembrava intenzionato ad andarsene.

«È stato solo un mancamento» mormorò, arrabbiata.

Socchiuse la porta e sbirciò. Lo teneva d'occhio da quando lui aveva insistito per entrare. Non lo vide e si preoccupò ancora di più, intento com'era a studiare ogni particolare di lei.

Gettò la siringa d'insulina vuota nel cestino, si pettinò i capelli con la mano e, prima di uscire, si guardò allo specchio.

«Cazzo!»

«L'ho sentita. Non dovrebbe imprecare di continuo.»

«E chi lo dice, tu?»

Teresa spalancò la porta, seguì l'acciottolio dei piatti e lo trovò in cucina, intento a spignattare. C'era una confezione di cibo surgelato sul piano da lavoro e l'olio d'oliva stava sfrigolando in una padella.

«Che stai facendo?»

Marini prese la confezione e l'aprì.

«Come fa a mangiare cose del genere?» Sembrava disgustato.

Lei fece per toglierglielo di mano, ma lui fu più svelto e alzò il braccio.

«Pensavo seguisse una dieta rigorosa. Caramelle a parte.»

«Che cosa te lo fa pensare, il mio fisico?»

«La sua malattia.»

Teresa decise di lasciar perdere, si sentiva sfinita e voleva solo toglierselo dai piedi. Si versò un bicchiere d'acqua e lo mandò giù in un sorso. Se solo avesse potuto fare la stessa cosa con il guaio che la stava fissando, le maniche della camicia rimboccate e il mestolo in una mano. Riempiva quella stanza – la casa – in un modo che non avrebbe mai potuto comprendere, troppo giovane per aver sperimentato il silenzio in cui lei invece poteva sentire l'eco di ogni gesto, che non includeva mai qualcun altro, quando si chiudeva la porta di casa alle spalle.

Teresa si lasciò cadere su una sedia.

«Adesso te ne puoi andare, ispettore.»

«Sul più bello? No. Come potrei perdermi questi... questi gnocchi ai quattro formaggi pronti in pochi minuti.»

Aveva dovuto leggere la confezione. Rovesciò il contenuto della busta nel tegame e mescolò con vigore.

C'era un libro posato sulla sedia accanto a lui. Quando Teresa riconobbe la copertina, balzò in piedi per afferrarlo.

«Se proprio vuoi fermarti, faccio ordine.»

Lui rise.

«Se proprio voglio? Ah be', grazie per l'invito. Allora mi fermerò, giusto per infastidirla.»

Nella stanza accanto, Teresa nascose il libro sull'autogestione dell'Alzheimer sotto altri volumi, assicurandosi che passasse inosservato. Diede la caccia ai bigliettini che aveva iniziato a disseminare per casa, come indizi su se stessa, li controllò approvandone la maggior parte, ne fece a pezzetti alcuni e li infilò tra il fogliame delle piante.

Guardò la sua casa, spaesata, chiedendosi se potesse tradirla. Per la prima volta dopo tanto tempo, non la faceva sentire al sicuro. Era una sensazione che aveva provato in passato, per motivi differenti.

Non era autocommiserazione. Teresa aveva paura. Si era trasformata così tante volte per sopravvivere che ormai ricordava a malapena la ragazza che era stata. Eppure quella ragazza inquieta e fiduciosa, selvatica ed errante era ancora dentro di lei, rannicchiata da qualche parte, poteva sentirla ululare nei momenti sereni. «Se sei vivo, hai paura» aveva scritto Clarissa Pinkola Estés, con un invito a sbrogliare la donna d'ossa che ognuna porta dentro di sé, l'aspetto meno bello e più spaventoso perché non convenzionale, eppure autentico, il solo capace di accendere l'anima. Non bisogna temere il buio in cui la rigenerazione che segue la morte ha luogo, è necessario resistere con perseveranza, «perché questa è la promessa della natura selvaggia: dopo l'inverno, viene sempre la primavera».

Teresa era stata capace di resistere? La sua nuova forma era dunque l'unica atta a farla sopravvivere?

Ora il destino le imponeva di mutare ancora lungo il cammino, ma quale sarebbe stato il risultato questa volta? Forse mostruoso. Aveva perso qualcosa a ogni doloroso passaggio, a ogni affondo aveva sganciato un pezzettino d'anima come zavorra per tornare in superficie, e il suo corpo si era appesantito come a voler compensare la perdita. Resto al mondo, voleva dire, ancorandosi al terreno, mentre dentro ogni equilibrio si faceva più delicato, così fragile da scricchiolare quando la vita soffiava un po' più forte.

Teresa chiuse gli occhi, si concentrò sul respiro.

Qui e ora, si disse. Restò presente, rifiutandosi di farsi trascinare al largo dai pensieri negativi.

Quando si sentì più calma, sprimacciò con vigore qualche cuscino, come avesse tra le mani il collo dell'ispettore, tanto per sfogare l'ultimo residuo d'ansia, e tornò in cucina.

Marini aveva steso sulla tavola le tovagliette che Teresa non aveva mai usato, con i tovaglioli di stoffa, le posate appaiate, e stava versando il contenuto fumante del tegame nei piatti.

«*Bon appétit.*»

Teresa non rispose, ormai rassegnata alla situazione che la poneva davanti a un confronto a lungo evitato. Non con il ragazzo che le stava di fronte, ma con se stessa e la vita che l'attendeva. Rifuggire dai rapporti umani non l'avrebbe guarita. Prese posto e sospirò di sollievo quando le ossa si assestarono a riposo. Marini mise in bocca una forchettata, masticando con cautela.

«Non è male.» Sembrava soddisfatto come se il merito fosse suo.

«Contro ogni pronostico. L'ho pensato anch'io.»

Era difficile per entrambi riempire il silenzio intriso di un'intimità che nessuno dei due aveva messo in conto e che ingarbugliava gesti e pensieri.

«Sta parlando del cibo? Perché io mi riferivo a questo momento. Non è male, vero?» Marini appoggiò la mano che reggeva la forchetta alla fronte e rise. «Sapevo che non avrebbe risposto. Crede che non abbia notato tutti i biglietti attaccati per casa?»

Teresa smise di masticare.

«Hai passato il tempo a leggerli, a leggere i *miei* biglietti, mentre ero in bagno?»

Era sicura di aver strappato al volo i più compromettenti appena entrata, ma chissà quanti altri che non ricordava erano ancora attaccati come ali gialle di farfalle agli oggetti e alle pareti. Lui si incupì.

«Mi crede un maleducato?»

No, non lo era, ma...

«La curiosità, a volte, fa dimenticare le buone maniere, Marini.»

«Ma non fa dimenticare il rispetto. Non nel mio caso, almeno.»

E allora che voleva?

«E allora cosa pensi che siano tutti questi biglietti?»

Lui si sporse sul tavolo.

«Un pochino di mania di controllo? Diciamo pure esasperata? A livello ossessivo-compulsivo?» Fece un gesto con la mano, come a voler spazzar via le parole appena pronunciate. Catartico. «Per me non è un problema. Anzi, ora capisco molte cose.»

Teresa posò la forchetta e si abbandonò contro lo schienale della sedia.

E questo dovrebbe essere il mio segugio, pensò. Questo dovrebbe diventare un commissario di polizia, un investigatore, e reggere il mio testimone.

«A te non la si fa, Marini.»

«Senta, oggi ho assistito a un suo momento di difficoltà. Tutto qui, non è successo altro. Non ha perso autorevolezza ai miei occhi, né penso che lei non sia in grado di fare il suo lavoro.»

«Ora mi sento più tranquilla.»

Teresa non sapeva dire se in lui ci fosse più coraggio o più ingenuità, o una mancanza totale di spirito di autoconservazione. Un superiore ostile, al suo posto, avrebbe potuto distruggerne la carriera per molto meno, lei lo aveva sperimentato sulla propria pelle.

Marini aprì la bocca per continuare, ma Teresa lo fermò.

«Basta così» gli disse, sparecchiando le sue stoviglie. «Meglio se ti fermi. E mangia, prima che diventino colla.»

«Perché ha chiamato me, commissario?»

Teresa mise piatto e posate nel lavello e fece scorrere l'acqua. Non vedeva l'ora di farsi una doccia e stendersi. Sua madre avrebbe detto «mettere in riga le povere ossa».

«Che vuoi dire?»

«Glielo ha chiesto anche Parisi: perché ha chiamato me e non lui, o De Carli, per andare dai Leban? Che ne so, non voleva disturbarli, e invece sperava di disturbare me? Perché?»

Teresa si voltò.

«Perché sei tu l'ispettore, Marini, non loro. Sei tu

che un giorno dovrai prendere le redini di un'indagine tutta tua e guidare una squadra. Non toccherà a Parisi, né a De Carli. E fino a quel momento, per il tempo che sarò tuo superiore, userò ogni occasione per istruirti, metterti alla prova, sotto stress, farti correre, passare le notti in bianco, sanguinare gli occhi sui rapporti. Voglio che ti scoppi il cuore davanti a una vittima e che allo stesso tempo la tua mente rimanga lucida e affilata.»

Lui la fissò per qualche istante senza battere le palpebre.

«Solo questo?»

«Tutto qui. Solo questo.»

Il cellulare di Teresa squillò.

«È la madre di Chiara. Tu finisci pure.»

Andò a rispondere in salotto, finalmente allungata sul divano.

«Buonasera, Giulia.»

Dall'altra parte della linea arrivò un bisbiglio. Teresa guardò ancora il nome. Non si era sbagliata.

«Giulia?»

«Volevo dirle che è stato solo un sogno.»

22

Teresa si mise a sedere. Dall'altra parte della linea c'era Chiara.

«Ciao, tesoro. Come stai?»

«Bene.»

Sembrava un pigolio triste.

«Bene o benino?»

Il silenzio che seguì non piacque a Teresa.

«Hai deciso quando suoneremo assieme?» le chiese.

«No...»

«Va bene, quando vorrai.»

«È stato solo un sogno. Le chiedo scusa.»

La madre allora non le aveva detto del ritrovamento. Teresa non poteva biasimarla.

«Non c'è nulla di cui devi scusarti, Chiara. Sai che oggi ti ho pensata?»

«Sì?»

Poteva immaginare le ciglia dorate battere di stupore.

«Sì, pensavo che sei davvero forte.»

Ci fu una breve esitazione.

«Con il buio non cresce niente. L'hanno detto alla mamma.»

A Teresa salì la rabbia.

«Chi glielo ha detto?»

«Al lavoro.»

Una conversazione tra adulti, udita di nascosto. Quanto dolore evitabile, quanti strappi da ricucire con pazienza nel corso di una vita.

Teresa si buttò sui cuscini.

«A dire il vero, Chiara, al buio crescono creature meravigliose. Resistenti, straordinarie. Al buio completo, intendo, mica nella penombra.»

«Quali?»

Quanta speranza. Teresa non poteva disattenderla.

«Il proteo, per esempio. È un esserino cieco, che porta il nome di un dio. Non ha nemmeno gli occhi: non gli servono, tanto sono affinati gli altri sensi. Vive nelle profondità delle grotte, dove il buio è nero assoluto. Tu pensi di essere pallida, ma perché non hai mai visto lui.»

«Che brutto!»

«Per niente. Il primo osservatore scientifico che si imbatté in un proteo qualche secolo fa lo chiamò Cucciolo di Drago.»

«E che cosa fa?»

«Sguazza felice nelle acque sotterranee, ma il più delle volte resta fermo. A lunghissimo, e intendo davvero a lungo.»

«Quanto?»

«Ne hanno osservato uno che è rimasto immobile duemilacinquecentosessantanove giorni di fila. Sono sette anni! Un altro ne ha passati dodici senza mangiare, solo perché non ne aveva voglia.»

La sentì ridere, finalmente.

«Non era malato?»

«Sì, di pigrizia.»

«Però non fanno niente di speciale.»

«Ma scherzi? Provaci tu, allora. Quanta resistenza ci vuole, quanta sorprendente determinazione. Il buio può creare grandi cose.» Il buio poteva allevare cuccioli dotati di percezioni potenti, solo in apparenza spaventose. «Sei d'accordo?»

«Sì.»

Qualcosa era cambiato nella sua voce.

«Chi c'è lì con te, Chiara?»

«Papà.»

«Passamelo, per favore.»

Si udirono fruscii, parole smozzate. Un *papà!* accorato.

«Signor Leban, non si faccia desiderare.»

Dall'altra parte, l'uomo sospirò.

«Non voglio parlare con lei.»

«E quindi manda avanti sua figlia?»

« Oggi non la trovavamo. L'abbiamo cercata come pazzi. Si rende conto della paura che abbiamo avuto? »

« Sì, posso immaginare. Dov'era? »

« Fuori, a guardare il tramonto. Per fortuna non c'era abbastanza luce da ferirla. »

« Mi dispiace. Davvero. »

« Non era sola. C'era Pietro con lei. Chiara l'aveva visto dalla finestra ed era scesa a salutarlo. Quel vecchio ubriacone mi ha detto che lei e il suo collega gli avete parlato. »

Teresa poteva sentire il tono di voce dell'uomo graffiarle la guancia appoggiata all'apparecchio.

« È un problema? »

« Tutto quello che riporta l'attenzione sulla nostra famiglia lo è. Non voglio nessuno, qui. E non voglio quel vecchio. »

« Perché ce l'ha con lui? »

« Ma che cosa ne sa lei di come mi sento io? Sa forse che cosa si prova a crescere una figlia senza poterla portare al parco, alla luce del giorno? Senza nemmeno farla andare a scuola? O sa che cosa vuol dire trovare le gomme dell'auto tagliate quattro volte nell'ultimo anno? E non contare nemmeno più i graffi sulla carrozzeria? »

« Posso provare a capire. »

« Ma per favore! »

Teresa decise di andare dritta al punto, con il rischio

di vedere sprangata quella porta che finalmente, pur nella collera, si era socchiusa.

«Ho una domanda da porle. La denuncia contro ignoti per le tagliole è stata ritirata il giorno dopo, da lei. Perché, che cosa temeva?»

«Giulia vi chiede aiuto per nostra figlia e voi indagate su di me?»

«Mi piace solo capire le cose, signor Leban.»

«Sto già pagando per i miei errori, commissario, non renda tutto ancora più pesante da sopportare. Crede che in paese non abbiano già iniziato a sparlare? La polizia indaga dai Leban, dicono, chissà chi avrà truffato questa volta quel bastardo del padre.»

«Ha truffato qualcuno?»

«*No*. Ho fatto gli investimenti sbagliati e ho perso tutto assieme ai miei clienti. Poco alla volta, sto restituendo il possibile.»

Teresa si chiese come, se era solo Giulia a lavorare.

«Crede che qualcuno di loro covi rancore nei suoi confronti?»

«Qualcuno? Tutti.»

«Tanto da arrivare ad avvelenare ripetutamente il suo gatto?»

Non rispose. Non c'era nemmeno bisogno.

«Signor Leban, voglio aiutare Chiara, e voglio aiutare anche lei e Giulia.»

L'uomo rise piano, ma sembrava che volesse piangere, o urlare, o entrambe le cose assieme, e distruggere tutto il possibile.

«Allora ci lasci in pace. Si dimentichi di noi. Faccia in modo che se ne dimentichino tutti. *Era solo un sogno.*»

Leban chiuse la chiamata. Teresa restò a fissare lo schermo.

Si accorse della presenza di Marini solo quando lui le porse il suo cellulare. Guardò il nome dell'interlocutore in attesa. Era Parri.

«Sembra proprio che non sia stato solo un sogno, commissario.»

Teresa decise di coinvolgere anche Parri. Il medico legale rispose con entusiasmo alla richiesta d'aiuto della vecchia amica. Bastò uno scambio di battute per andare in scena: lei lo mise in guardia, lui quella guardia l'abbassò, pur conscio dei rischi.

«Non ho domandato l'apertura di un'inchiesta, Antonio. Non ancora. E non c'è la delega di un magistrato, nessun atto di polizia giudiziaria.»

«Non si può iniziare da un dubbio, lo sai. Le ricerche ufficiali devono pur partire da un elemento oggettivo, e io posso trovarlo.»

Le buste con i reperti erano ora nelle sue mani. Le tracce latenti rappresentavano un enigma che lo appassionava. L'Istituto di medicina legale era il suo paese dei balocchi. Tra sale autoptiche, laboratori tossicologici e di elettroforesi, lui, così minuto che quasi si perdeva nel camice troppo largo, pareva svolazzare e non camminare.

Aveva etichettato le tracce isolate: CAMPIONATURA 1 e CAMPIONATURA 2.

«Due formazioni pilifere – capelli –, interessate da altrettante tracce ematiche con profilo genetico misto.»

Fece spazio affinché Teresa e Marini a turno potessero osservarle al microscopio ottico. Lei armeggiò davanti a lente e vetrino con gli occhiali da lettura, fino a mettere a fuoco la porzione di reperto che Parri aveva trattato. Invitò Marini con un cenno a fare lo stesso.

«'Misto' significa che sangue appartenente a persone diverse è mescolato, ispettore.»

«Sì, questo me l'hanno spiegato.»

«Ora vi dirò quello che ho potuto appurare, ma con un'avvertenza: ho dovuto fare in fretta e l'inclusione in celloidina è stata ridotta al tempo minimo, dodici ore.»

Teresa non era un'esperta, ma ormai da anni seguiva Parri nelle sue routine in laboratorio e sapeva che se non fosse stato certo in modo assoluto della bontà dei risultati ottenuti, non ne avrebbe ancora parlato con loro.

«Vai avanti, Antonio.»

«I capelli hanno sezione ovale e la midollare è molto piccola, quasi assente. Direi cimotrichi, tipici delle varianti caucasiche europee. Le tracce ematiche appartengono a due individui di sesso differente. Il tracciato è quasi completamente sovrapponibile, ma ci stiamo ancora lavorando. Mi serve qualche altro giorno per la comparazione.»

«Due, strettamente imparentati. Questa non me l'aspettavo.»

«Sono minime, isolarle ed estrarre il DNA non è stato per niente facile. Non credo che qualcuno sia stato ucciso dentro al sacco a pelo. Forse ci è stato messo da morto.»

«O forse non c'è mai stato un cadavere.»

Si voltarono entrambi a guardare Marini.

«Ricordami il suo nome, Teresa.»

«Massimo Marini. È possibile risalire all'età?»

«Guardate che sono presente.»

«Come no, è disponibile un nuovo test per quantificare il livello di sjTRECs sul DNA totale estratto. Il livello di queste molecole diminuisce in modo costante con la crescita. L'età stimata ha un intervallo di incertezza di circa nove anni. Se hai un mese di tempo e una certa possibilità di scarto...»

«Nove anni di errore non mi aiuterebbero. Il gioco non vale la candela.»

«Credo comunque di poterti aiutare.»

Il sorriso furbo di Parri prometteva meraviglie tirate fuori dal cilindro con la magia della scienza.

«Ritengo che entrambi gli individui abbiano sofferto di carenze dietetiche, almeno nell'ultimo anno. È possibile tracciarle dalla crescita di questi capelli. La cheratinizzazione è anomala, il fusto presenta difetti strutturali. Ma la cosa veramente interessante è un'altra: ho rilevato lesioni cuticolari piuttosto serie in uno dei due capelli. La cheratina è fortemente intaccata alla base. Avrei bisogno di esaminare i follicoli piliferi e l'epidermide dello scalpo per esserne certo, ma posso affermare abbastanza serenamente di avere già visto lesioni analoghe in casi accertati di *tinea capitis*.»

Teresa cominciava a capire l'importanza della rivelazione. I collegamenti tra i pochi elementi ora apparivano chiari.

«Che significa?» chiese Marini.

Parri tolse gli occhiali e li pulì sul camice.

«Tigna dei capelli, una micosi molto contagiosa causata da un dermatofita, un fungo che si nutre di cheratina. Infatti ho trovato tracce di desquamazione cutanea tra le fibre della stoffa.»

«Ancora non capisco perché dovrebbe dirci qualcosa di più su quello che stiamo cercando.»

«*Quello* che stiamo cercando?» Teresa non sopportava le approssimazioni, in particolare se riguardavano il mondo dell'infanzia. «Cerchiamo un bambino, Marini. La tigna dei capelli colpisce soprattutto in età pediatrica, diventa molto rara negli adolescenti e ancora di più negli adulti.»

Toccò la busta che conteneva il sacco a pelo, nella mente immagini chiare di miseria, guerra, paura.

«La trasmissione è favorita da condizioni igieniche carenti e da sovraffollamento.»

Parri le posò una mano sulla spalla.

«Come negli orfanotrofi.»

«O nei campi profughi.» Teresa gli strinse la mano con la sua. «Grazie.»

«C'è ancora un altro piccolo dettaglio. Il capello più lungo ha la punta sfilacciata, nel modo tipico che si osserva abitualmente nei peli del torace e delle braccia, a causa dell'attrito esercitato dai vestiti.»

Attese la reazione di Teresa, le braccia conserte e l'espressione soddisfatta.

Lei non riuscì a guardare né lui né Marini in volto. Temeva di mostrare l'emozione.

«L'attrito di un velo, o di un fazzoletto, portato quotidianamente sulla testa per coprire i capelli raccolti.»

Parri confermò l'ipotesi.

«Sì, come le donne di fede islamica.»

«Madre e figlio, denutriti, malati, feriti. In fuga.»

Qualcuno bussò alla porta. De Carli entrò salutando con la solita allegria, ma si fermò quasi subito, osservandoli a turno.

«Ho sbagliato momento?»

«No, vieni.»

Teresa allungò la mano verso il plico che il poliziotto teneva sotto al braccio.

«Per me?»

«Sì, appena ricevuto dalla polizia di frontiera e stampato. Sapevo che era qui e ho pensato...»

«Hai fatto bene.»

Teresa aprì il fascicolo. Era il rapporto che aveva richiesto sul ritrovamento di profughi avvenuto al confine con la Slovenia il 31 ottobre 1995.

De Carli le indicò un foglio.

«I file erano accompagnati da una nota del commissario Magris. Segnala che purtroppo i nomi dei richiedenti asilo sono undici, ma ci sono solo dieci volti.»

«Che cavolo vuol dire?»

«Che manca una fotografia. Deve essersi staccata e persa.»

«Cioè si è persa da sola? Sta scherzando?»

«Dice che non sa come sia potuto accadere.»

« Come hanno fatto a non accorgersene? »

Marini sfogliava e risfogliava gli atti senza darsi pace per l'errore.

Teresa non rispose, continuava a masticare le stanghette degli occhiali da lettura. Aveva finito le caramelle.

Parisi aveva strappato un foglio dal bloc-notes ed era alle prese con un origami.

« Sono passati più di vent'anni e la digitalizzazione completa degli archivi richiede un tempo che nessuno ha mai. » Valutò con un occhio chiuso e uno aperto la piega di una punta. « Siamo a corto di prove. »

De Carli fece scivolare sul tavolo della sala riunioni le bustine di zucchero e dolcificante. Era stato al distributore automatico e aveva portato il caffè per tutti.

« A corto di prove? Mi sono perso qualcosa. Abbiamo due profili di DNA. »

Parisi perfezionò una piega, passandoci sopra l'indice.

« Nulla che li ricolleghi alla nostra ricostruzione dei

fatti. Le tracce ematiche sono minime, riconducibili a ferite di lievissima entità. Sto citando Parri.»

Il collega non mollò.

«O a un sanguinamento residuo post-mortem. Anch'io sto citando Parri.»

Marini s'inserì nella discussione senza alzare lo sguardo dagli incartamenti. Non si dava pace, stava ancora cercando di rimettere a posto ciò che non era possibile ricomporre, a distanza di così tanto tempo. La foto era perduta. Non c'era più alcuna foto.

«In ogni caso, se ci fosse stato un bambino con loro, le schede dovrebbero essere dodici, con foto o senza foto. In questo gruppo erano tutti uomini, nessuna traccia dell'eventuale madre.»

Teresa li lasciò discutere senza intervenire. Era sempre un buon esercizio interpretare la parte dell'avvocato del diavolo, osservare i fatti dalla prospettiva più scomoda, quella che d'istinto non si abbraccerebbe. Funzionava nel lavoro tanto quanto nella vita.

«Commissario Battaglia, posso parlarle?»

Il questore si era affacciato nella stanza. Teresa ignorò gli sguardi sbarrati degli altri, si alzò e lo raggiunse in corridoio.

«Teresa, che cosa state facendo qui?»

Paolo Ambrosini era il suo superiore e un caro amico a cui la legavano esperienza, stima e affetto.

«Una piccola deviazione dalle vacanze natalizie, Paolo.»

«Quanto piccola?»

«Eh...»

«C'è qualcosa che vorresti dirmi? O che *dovresti* dirmi?»

«Ho ricevuto una telefonata da parte della madre di una bambina.»

«Devo iniziare a tremare?»

«La bambina ha fatto un sogno, ma è convinta che riguardi fatti accaduti realmente. Dice che nella boscaglia dietro casa è stato perso un bambino.»

«Perso? Cioè si sarebbe perso?»

«Rapito, Paolo. Il senso esatto è che sia stato preso da qualcuno. All'inizio la bambina parlava di una tomba, ma nei sogni successivi la tomba è sparita. Io credo che sia solo un simbolo, è la tomba in cui è sepolto un segreto, non una sepoltura in senso letterale.»

Il questore la guardò stupito.

«Sogni? Sono più di uno? Sei insolitamente evasiva.»

«Me ne rendo conto, ma sto cercando anch'io di farmi un'idea precisa.»

Lui la studiò, lisciandosi la cravatta.

«Stai cercando di evitare un iter burocratico pesante per la famiglia, questo fai.»

«Paolo, i bambini sono spugne. Ascoltano sempre,

anche quando sembrano assorti in altro, e ripropongono a distanza di tempo quanto appreso, spesso in modi rielaborati e fantasiosi, senza ben sapere nemmeno perché lo facciano o dove abbiano attinto l'informazione. Per il momento, stiamo solo testando la veridicità o meno di una notizia di reato, come è usuale procedere. Normale attività di accertamento prima di mettere in moto il sistema e avvertire chi di dovere. Nessuno sconfinamento di competenze.»

«Chi sono e dove abitano?»

Teresa si schiarì la voce.

«Alessandro e Giulia Leban. La figlia si chiama Chiara, sta per compiere nove anni.»

«Dove abitano?»

Lei guardò verso il corridoio. Quando serviva non arrivava mai nessuno a interrompere.

«In un paesino del Collio, vicino al confine.»

«Collio? Teresa, non è di nostra competenza territoriale...»

«Lo so. Lo so. Ma hanno cercato me, Paolo. Sto solo chiarendomi la situazione, nient'altro. Se passassi ora la questione a qualcun altro, la chiuderebbe in meno di un minuto. Quando avrò ben capito se sia il caso o no di procedere, allora avvertiremo chi di competenza.»

«Va bene. Se tu vuoi andare avanti, mi fido. Ma procedi con cautela, non voglio irritare nessuno. Non fare un passo in più del necessario.»

«Capito.»

«Trovato qualche elemento interessante?»

«Notizie scarse che nemmeno siamo in grado di collegare con certezza all'idea che mi sono fatta e al racconto della bambina.»

«Vuoi dire al sogno?» Le sorrise. «Perdonami, se ho precisato.»

Teresa chiuse per un attimo gli occhi, colta in fallo. Doveva domare lo slancio che rischiava di trascinarla fuori pista.

«Fai bene. Fa bene anche a me.»

«Tienimi aggiornato, e buona ricerca.»

«Lo prenderò come un augurio di buona fortuna.»

Lui alzò il braccio, già incamminato verso un'altra storia infelice da srotolare.

«Lo è.»

Teresa tornò in ufficio, il passo un po' più stanco.

«Commissario, negli atti del tribunale per i minori non c'è traccia di un bambino ritrovato nelle circostanze descritte. Hanno chiamato poco fa.»

«De Carli, da te mai una buona notizia.»

Il ragazzo si corrucciò, ma l'espressione era scherzosa.

«A dire il vero, non credo di essere poi questo uccello del malaugurio.»

Parisi passò le dita sull'ultima piega.

«Solo uccello?»

L'altro mimò un vaffanculo.

«Quindi il bambino sarebbe sparito e basta, nella nebbia di un bosco?»

Marini aveva accompagnato le parole allargando le braccia, l'aria scoraggiata.

Parisi gli lanciò il volatile di carta fatto con il foglio degli appunti. Volava davvero.

«Ho una brutta notizia per te, ispettore. I bambini spariscono ogni giorno, in ogni parte del mondo.»

Lo centrò all'altezza del cuore.

Parisi aveva avuto un'intuizione inconscia eccezionale, che li aveva portati a chiedere un colloquio con la dottoressa Russo.

Lavinia Russo era una psicologa che lavorava per la Regione, occupandosi di coordinamento interistituzionale nell'ambito delle politiche sociali.

«La rotta dei Balcani occidentali non è mai scomparsa, anzi, è sempre più battuta, fino a essere diventata la via principale per entrare in Europa. È cronaca di tutti i giorni, non credo mi abbiate voluto parlare per questo.»

Lavinia era ancora la donna raffinata e tagliente che Teresa ricordava, una professionista affermata e autorevole. Confrontarsi con lei, a ogni livello, significava fare i conti con la sicurezza in se stessi. Teresa ne sostenne senza batter ciglio lo sguardo chiaro, quello stesso sguardo che un tempo era stato affettuoso, ma che ora sembrava volerla fare a fettine.

Prese il suo diario e lo aprì su una pagina intonsa, imponendosi di ignorare la perfezione che le stava davanti. Il tempo era stato indulgente con lei.

«Conosciamo la cronaca, ma vogliamo scendere nello specifico e parlare dei migranti bambini, delle madri che li accompagnano.»

Lavinia prese dal cassetto della scrivania una sigaretta elettronica. Il cerchietto di brillanti al dito medio mandò bagliori. Aveva guardato appena il dossier che Magris aveva fatto avere a Teresa.

«Madri? Se ne vedono poche. Qualcuno li chiama 'bambini nella nebbia', rende bene l'idea. Sono i minori non accompagnati in attesa che venga loro riconosciuta la protezione internazionale. Non sono adottabili, non possono essere rimpatriati, né lo vogliono. Molto spesso non li reclama nessuno. Siete qui per uno di loro?»

«Forse. Non lo sappiamo ancora con certezza.»

Lavinia rise e accese la sigaretta. Aspirò profondamente. Un odore dolciastro di cannella e caramello saturò l'aria dell'ufficio affacciato sul molo di Trieste.

«Uno scomparso, allora. Auguri.»

«Non sembri stupita.»

«Sarei stupita del contrario. Il fenomeno migratorio che interessa la rotta balcanica conta allarmanti percentuali di minori in custodia scomparsi.»

Marini quasi saltò sulla sedia.

«Ho capito bene, minori *in custodia*?»

Lei lo soppesò con un'occhiata seccata.

«Ha capito bene, ispettore.»

«Significa che erano già stati presi in carico dalle autorità competenti?»

«Autorità competenti, tutori protempore, strutture di accoglienza... sì.»

Marini si sporse verso Teresa.

«È questo che crede?»

«Non credo nulla. Cerco.»

Lavinia si allungò sulla poltrona e prese un volume dallo scaffale alle sue spalle.

«Il report di Missing Children Europe parla chiaro. Vi do solo un paio di dati, i più indicativi.» Lo sfogliò davanti a loro, fino a trovare la pagina di interesse e mettergliela sotto gli occhi. «Febbraio 2016, Ungheria, percentuale di minori migranti non accompagnati scomparsi nel nulla dopo la registrazione, novantacinque per cento. In Slovenia è stata dell'ottanta. In Italia, in genere spariscono ancora prima del tracciamento. L'Interpol parla di diecimila casi all'anno, ma secondo stime approfondite sono molti di più.» Guardò Teresa. «In un paesino della Svezia, in un solo mese, ne sono scomparsi mille.»

«Mille bambini in un mese...»

Marini prese il volume, sembrava incapace di crederci.

«Ma se sono in custodia, come fanno a sparire?»

«Come?» Lavinia fece una smorfia. «Abile opera di convincimento. In alcuni casi si tratta di allontanamenti volontari, questi ragazzi vogliono raggiungere il Nord e stabilirsi là, ma siamo seri: dove e come potrebbero farlo dei ragazzini senza mezzi né esperienza? Qualcuno li muove per i propri scopi, almeno nella maggior parte dei casi. Chiamiamola con il suo nome: tratta di esseri umani. In genere interessa gli adolescenti, ma arrivano sempre più giovani, anche di sette, otto anni. È facile che i più piccoli vengano avvicinati da trafficanti che parlano la loro stessa lingua. La rotta balcanica è caratterizzata da molti casi di separazioni familiari, spesso può partire solo qualcuno, i più giovani, gli uomini in forze. Le donne restano nei paesi di origine a occuparsi degli anziani. Preferiscono affidare i figli alla sorte, che consegnarli a un destino di miseria. Una manna per i criminali a caccia di prede. I bambini cercano una guida, qualcuno che si occupi di loro, e si fidano... Ma tu questo lo sai meglio di me, Teresa.»

Teresa lo sapeva bene perché nel proprio lavoro lo aveva visto accadere fin troppe volte.

«I bambini sono credenti perfetti» mormorò. Si rivolse a Marini. «Sono stati condotti esperimenti psicologici su bambini molto piccoli, di recente. Hanno dimostrato che l'essere umano nasce già capace di intuire la presenza di una componente immateriale della vita. Un tempo si pensava che certe attitudini fossero condizionate dall'educazione religiosa. Non è così. È un protendersi istintivo verso l'assoluto. In realtà, poi l'educazione tende a mitigare questa fede, a portare sul cammino del dubbio.»

Sul viso sapientemente truccato di Lavinia passò un'ombra di tristezza che per un attimo la rese più umana.

«Lo dicono le neuroscienze» confermò. «I bambini nascono credenti perfetti e poi la vita pensa a trasformarli in altrettanto perfetti miscredenti. Per fortuna. Ma per salvarli dai propri simili, a volte, è troppo tardi.»

«Che fine fanno?» chiese Marini.

«Nel migliore dei casi, finiscono nel Regno Unito e vengono impiegati come schiavi. Sono vittime dello sfruttamento del lavoro minorile: molte comunità dell'Est e del Medio Oriente fanno lavorare questi bambini nei ristoranti e nelle aziende manifatturiere.»

Né Teresa né Massimo ebbero cuore di chiedere dei casi peggiori.

Lavinia espirò una nuvola di fumo aromatico.

«Allora, me lo dite o no che cosa volete?»

Teresa si alzò.

«Per il momento è tutto, volevamo farci un'idea generale. Sei stata utile. Grazie per le informazioni e per il tempo che ci hai dedicato.»

«Dopo trent'anni, davvero non hai altro da chiedermi?»

Teresa ebbe l'impressione che si riferisse all'unico argomento che era stato capace di trovarle in disaccordo. *Lui*. Lavinia aveva voluto coglierla di sorpresa, certa che nella risposta fisica istintiva di Teresa avrebbe scorto un turbamento. Ma ne era trascorso di tempo dal suo divorzio e Teresa aveva imparato a reagire con flemma alle provocazioni.

«No. Non desidero sapere altro.»

Si avviò verso la porta.

«C'è un errore nel report che mi avete mostrato.»

L'avvertimento la fece voltare.

Lavinia ticchettò le dita sul piano della scrivania. I brillanti baluginarono ancora, ma questa volta a Teresa la loro luce sembrò più spenta e il viso della vecchia amica più stanco sotto il trucco pesante.

«Anbar Imamović. Accanto al profilo c'è la dicitura 'maschio adulto'. Ma Anbar è un nome arabo femminile, significa ambra.»

Era il profilo non accompagnato dalla foto.

Quanto costa tornare sui propri passi, stare in piedi davanti a qualcuno che ci ha abbandonato da tempo, nel momento più tragico, e chiedergli aiuto?

Teresa ne ebbe un'idea piuttosto precisa, ma non era il suo Io a dover essere il fulcro della bilancia in quel momento.

Alla fine gliela chiese, un'altra cosa a Lavinia, ma non ciò che la psicologa si aspettava. Senza remore, dopo oltre trent'anni di silenzio tra loro, le domandò di tracciare il corso del destino a cui i profughi di quel lontano ultimo giorno d'ottobre erano andati incontro.

Con nemmeno troppo stupore, Lavinia non si sottrasse.

«Credo di dovertelo, dopotutto.»

La concessione fece voltare Marini verso Teresa, un movimento misurato, un paio di centimetri che tuttavia disegnavano la curva di un punto di domanda.

Lavinia sollevò il ricevitore e fece un cenno verso la porta.

«Potete aspettare fuori.»

In corridoio, Marini girò attorno a Teresa come

un'anima in pena diverse volte, prima di farle la domanda.

«Chi è veramente quella donna?»

Teresa sedette su una poltroncina riservata agli ospiti in attesa. Il riscaldamento rendeva l'aria soffocante in tutto il palazzo. Tolse la giacca e la arrotolò sulle ginocchia.

«Un'amica che non vedevo e non sentivo da tempo.»

«Be', non ho amici che mi guardano in quel modo, per fortuna.»

«Ci sta aiutando. Non sarebbe tenuta a farlo.»

«Per un momento ho pensato che ci avrebbe sbattuti fuori.»

Teresa passò un dito sulla cucitura del colletto. Era saltato un punto, come tra lei e Lavinia. Bastava per interromperne la continuità, ma alla fine tutto il resto aveva tenuto, non era crollato.

«Non lo avrebbe mai fatto.»

Sedette anche lui. La seggiola sembrava così piccola.

«Perché ha detto che glielo deve, dopotutto?»

Teresa ridacchiò. Aspettava la domanda da quando la battuta era stata pronunciata. Poteva sottrarsi, o raccontare tutto, o solo qualcosa. Forse anche mentire, era un suo diritto. Ma si trattava di un segreto così misero da non meritare tanto sforzo.

«Ho bussato alla sua porta in un momento di bisogno. Non l'ha aperta.»

La mano era scesa inconsciamente al ventre e lo accarezzava. Quando se ne rese conto, Teresa sgranchì le dita e le mandò a lisciare la sciarpa.

Marini tacque, forse aveva intuito il dispiacere che accompagnava l'ammissione. Si alzò.

«Vado a cercare un distributore. Ho la gola secca con questo caldo. Vuole qualcosa?» Si chinò, lo sguardo indagatore. «Commissario, vuole qualcosa?»

«No, grazie.»

Per un momento, Teresa era affondata nel passato.

Quando Lavinia lì richiamò nell'ufficio, era trascorsa poco più di un'ora. Un tempo minimo che era la manifestazione del suo potere e della sua determinazione. Il suo era un nome che spalancava porte e volontà.

Li fece accomodare con un gesto secco della mano e andò dritta al punto senza giri di parole.

«La procedura seguita è stata quella usuale, ma il sistema di protezione internazionale non ha fatto in tempo a chiudersi: i profughi a cui siete tanto interessati scapparono pochi giorni dopo dalla struttura di accoglienza a cui erano stati affidati.»

A Teresa premeva conoscere un destino.

«La donna?»

«Non c'era alcuna donna tra gli ospiti. Dov'è finita e se c'è mai stata non te lo so dire. Immagino stia a te chiarirlo. Il responsabile della struttura è morto otto anni fa e la casa famiglia è rimasta chiusa da quel giorno.» Aprì un cassetto, ci buttò la sigaretta elettronica e ne tirò fuori un pacchetto smezzato di Dunhill. Le unghie laccate color prugna ricordavano gemme. «Mi hanno confermato che nei fascicoli aperti per quelle persone non ci sono impronte digitali che possa farvi avere per un confronto. Al tempo non sempre si rilevavano.»

Lavinia spalancò la finestra. L'aria gelida portò sollievo a Teresa. Come l'atteggiamento asciutto di Lavinia, era capace di attenuare moti interiori che avrebbero potuto rivelarsi pericolosi per la sua serenità. La donna accese la sigaretta e diede un tiro profondo.

«Al diavolo le elettroniche.» Parlò seduta sul davanzale, i fianchi sottili appena appoggiati, gli occhi rivolti all'orizzonte che caricava tempesta. «Il mio impegno finisce qui. Non tornare, Teresa, a meno che tu non lo faccia sbandierando il decreto di un magistrato.»

«È ora di rendere ufficiale questa indagine.»

Marini aveva parlato scrutando il mare. A Teresa era sembrato che avesse cercato di ammorbidire il tono, come aveva fatto Lavinia poco prima. Mi trattano con accondiscendenza, pensò Teresa. O forse era lei a essere diventata paranoica. Dopotutto, il delirio paranoide figurava tra gli effetti della demenza.

Erano seduti su una panchina del lungomare di Trieste, intabarrati contro il vento che minacciava di trasformarsi in bora, a mangiare frittura di pesce da cartocci ancora caldi. In lontananza, la sagoma nera di una nave cisterna era la macchia di contrasto in un quadro dai toni soffusi. La Vienna sul mare si era illuminata, il Carso risplendeva di un'ultima luce opalescente.

Teresa posò il pranzo tardivo sulla panchina e si pulì le mani in un fazzoletto di carta.

«È ora di procedere in modo ancora più discreto e cauto. Intesi?»

Lui rispose masticando.

«Giusto, perché non abbiamo elementi.»

Cercò un fazzoletto che non riusciva a trovare. Teresa gli passò uno dei suoi.

Marini sbagliava, li avevano eccome gli elementi, ma erano molto pericolosi da maneggiare. Un report ufficiale che conteneva un errore d'identità potenzialmente fatale, una foto mancante che non avrebbe dovuto andar persa, un sacco a pelo con tracce biologiche di un bambino che sembrava sparito nel nulla e che avevano trovato proprio dove Chiara aveva detto loro di cercare: il crocevia di una rotta che si trasformava in tratta.

Ma per collegare i ritrovamenti recenti con i fatti di quel lontano 31 ottobre 1995, Teresa avrebbe dovuto aprire una breccia nelle relazioni tra questure che avrebbe potuto trascinarla sul fondo: significava dire che qualcuno non aveva fatto bene il proprio lavoro. Significava sospettare di un collega che, forse, a distanza di tanto tempo, non avrebbe nemmeno potuto difendersi.

Teresa imprecò.

«Hanno sbagliato a indicare il genere, è vergognoso!»

Non le andava giù. Marini pescò con lo stuzzicadenti un anello di calamaro dal cono di carta oleata. Sollevò un profumo di pastella e limone che riportò Teresa agli anni felici dell'infanzia, delle lunghe estati trascorse al mare. Un'immagine in contrasto con la burrasca che si stava sollevando.

«Non riesce a darsi pace perché sotto sotto crede che non sia un errore, vero?»

Teresa non rispose, aprì per l'ennesima volta il fascicolo che teneva sulle ginocchia. Passò un dito sul foglio fotocopiato, nel riquadro vuoto dove invece avrebbe dovuto essere riprodotto un volto. Uno spazio bianco, come una pagina di storia che non le riusciva di scrivere.

Il vento spirava mareggiata, le onde si frangevano sul molo con la violenza di schiaffi. Non era tempo nemmeno per i gabbiani, che avevano disertato il cielo. Gocce schiumose di salsedine macchiavano di scuro le parole e il nome di Anbar, la donna che era stata cancellata dalla volontà o dalla negligenza di qualcuno che probabilmente sarebbe rimasto anonimo per sempre. Chi batteva a computer i verbali e gli atti del sopralluogo non era detto che fosse stato sul campo, e di certo non era quasi mai chi li firmava. La catena di controllo era stata inevitabilmente spezzata.

Guardò le fotocopie delle altre schede anagrafiche. I volti scuri di quei giovani, con i lineamenti appesantiti dal toner in un chiaroscuro che forse li rendeva più seriosi di quanto fossero in realtà, scorsero uno dopo l'altro.

«Potremmo cercare il mediatore culturale che intervenne quella maledetta notte. È l'ultima cosa che possiamo fare, poi dovremo fermarci.»

Marini si pulì la bocca e appallottolò il sacchetto.

«Se fosse costretta a farlo, riuscirebbe davvero a fermarsi, a non pensarci più?»

Teresa non ne era certa e il dubbio la inquietava. Nella sua professione aveva sempre saputo dosare passione e ragione. Come nei connubi audaci più riusciti, spesso era questione di un singolo grammo. Da qualche tempo, quell'equilibrio saltava in modo inaspettato. Teresa sospettava che fosse l'affacciarsi della malattia a scardinare ogni regola.

Era solo pomeriggio, ma a breve il sole sarebbe tramontato. Doveva decidere come rispondere alla domanda: intendeva giocarsi la reputazione e aprire una guerra per le parole di una bambina?

Gettò il suo cartoccio in un cestino e si alzò.

«Chissà quanti nella nostra stessa situazione hanno mollato e lasciato che un bambino venisse preso.»

Un segnale acustico indicò l'arrivo di un messaggio al telefono di Teresa. Anche quello di Marini suonò, lui lo stava già leggendo.

«De Carli ha caricato un video nella chat condivisa.»

Lo guardarono assieme. Era lo stralcio di un servizio andato in onda il primo novembre 1995 in un telegiornale locale. Colori spenti, bassa risoluzione, pettinature e abiti rétro.

Marini alzò il volume.

La conduttrice stava riassumendo la notizia: gli abitanti del luogo avevano segnalato presenze inquietanti nel bosco, la notte precedente, inondando il centralino del 113 di chiamate spaventate. L'inviato stava intervistando un uomo che confermava di aver osservato «strane luci danzanti» tra gli alberi, invitandolo a superare la ritrosia e a raccontare quello che aveva visto. Disse proprio così: «testimone oculare». L'uomo, però, pareva non volergli dare corda e minimizzava l'accaduto con parole stentate.

Il video terminò poco dopo, ma era stato sufficiente.

Marini infilò il telefono in tasca e prese le chiavi dell'auto.

«Abbiamo un testimone da ascoltare.»

28

Il vecchio Pietro era molto più giovane nel video, ma pur sempre lui, con il mento sfuggente da Braccio di Ferro, la maglia in pile verde bosco e i pantaloni mimetici da cacciatore. Più capelli, un sorriso meno aperto.

«Ci ha mentito. Come facciamo a fidarci?»

Marini come sempre era lapidario. Teresa, possibilista. Lui guidava, le mani strette sul volante. Lei guardava il paesaggio. Il sole rossastro faceva brillare le vigne di rame, ma a ovest nubi dense e piatte caricavano un inesorabile assalto.

«Ancora nebbia» disse.

«È sereno.»

«Aspetta e vedrai.»

«Non mi piace guidare con la nebbia.»

«È la metafora della vita. Dovrai abituarti.»

La casa di Pietro era piccola quanto lui e circondata da una vigna color ruggine. Entrambe vecchie come il proprietario, e trascurate. Sui filari pendevano grappoli d'uva rinsecchita che nessuno si era curato di raccogliere. Il profumo zuccherino che dovevano aver spanto come un richiamo a fare in fretta era ora solo un alito acido che raggiungeva Teresa in piccole, evanescenti folate. Molti acini erano morti verdi, le viti non erano state defogliate per essere offerte al sole.

La Vespa era parcheggiata davanti all'ingresso, tra carabattole sporche, ma tutte le imposte erano chiuse.

Teresa suonò il campanello.

«Non funziona.»

Lo chiamarono più volte.

«Do un'occhiata sul retro.»

Marini sparì veloce, forse stanco d'inseguire un'idea che nemmeno lo convinceva del tutto. Teresa fece qualche passo attorno al garage. Raggiunse un recinto con tre cucce per cani, occupate ormai solo da foglie secche. I collari e i guinzagli appesi alla rete erano marci. Immaginò cani da caccia latrare eccitati quando il padrone apriva il cancello; una vita prima, a giudicare dallo stato di abbandono.

Dov'erano i figli? Dov'erano i nipoti? Forse non c'erano mai stati. Teresa stava scrutando nel proprio futuro.

Il ronzio delle mosche si fece insistente attorno a bidoni di latta colmi di immondizia, nell'erba alta ingiallita. Teresa distolse per pudore lo sguardo dai rifiuti che parlavano di un corpo malandato che non riusciva più a controllare se stesso, ma anche di una senilità marcescente, che spandeva miasmi. Raccolse il coperchio per rimetterlo al suo posto.

«C'è un capanno laggiù.»

Marini la fece sobbalzare. Il coperchio le sfuggì di mano e cadde con un gran fracasso che fece urlare anche l'ispettore.

«Porca miseria, Marini!»

Lui si era portato una mano al cuore.

«Mi verrà un infarto.»

«Resta sempre in vista, con un collega. Potresti risparmiarti una pallottola in quella testaccia.»

«Scusi. Vuole controllare il capanno?»

Teresa si voltò verso la costruzione di legno ingrigito. Il tetto era una sagoma appuntita. Il crepuscolo li aveva raggiunti. Le ombre si erano sollevate dalla terra. Marini accese la torcia.

Si incamminarono tra i rami bassi e neri degli alberi da frutto. La foschia si era spinta fino alla vigna e l'aveva eclissata. Il tramonto si era spento dopo aver irradiato i rosa più caldi. Chiamarono ancora Pietro.

«Eppure deve essere qua attorno.»

«Magari è venuto a prenderlo qualcuno.»

Teresa ne dubitava. Quel posto non sembrava accogliere molti visitatori. Le infondeva una profonda tristezza, l'agonia di un'esistenza negletta.

«Povero vecchio.»

Marini stava guardando attraverso la finestra del capanno, le mani a coppa davanti agli occhi, la torcia trattenuta dal pollice.

«Indovini che cosa c'è qua dentro.»

«Tagliole?»

«Come ha fatto...? *Cazzo*. Non si muova.»

«Non mi muovo, ma tu fai in fretta.»

«Sì, ma cosa faccio?»

«Qualsiasi cosa.»

Il piede di Teresa era dentro un cerchio di ferro arrugginito. Tra l'erba, i denti a sega attendevano solo una minima sollecitazione per scattare e tranciare la tibia.

Marini si chinò con cautela, per esaminare la trappola.

«È bella grossa, ma parecchio arrugginita. Forse è sufficiente che sollevi il piede.»

«Credo di averlo appoggiato sulla piastra.»

«Sarebbe già dovuta scattare.»

«Non mi fai star meglio.»

Lui si tolse veloce cappotto e sciarpa e glieli sistemò attorno alla gamba.

«Ora si appoggi a me. Conterò fino a tre. Al tre, tolga il piede il più in fretta possibile. Uno...»

Teresa lo tolse. Non accadde nulla.

«Avevo detto al tre.»

Ritti in piedi, il respiro un po' agitato, guardarono la tagliola.

«Sta pensando a quello che penso io?»

«È probabile, Sherlock.»

«Chi è là? È proprietà privata, questa.»

Marini illuminò la sagoma traballante che li stava raggiungendo. Il vecchio brandiva un bastone e sembrava intenzionato a usarlo.

«Sono il commissario Teresa Battaglia, Pietro. Ti stavo cercando.»

Quando li riconobbe, Pietro abbassò il ramo sgrossato.

«Ah, sei tu. La poliziotta.»

Si avvicinarono a lui. Teresa era contenta di vederlo ben vestito, i capelli pettinati. Gli abiti profumavano di pulito.

«Ti abbiamo chiamato a lungo.»

Lui si batté un dito sull'orecchio.

«Se non ho l'apparecchio, non ci sento.»

Teresa indicò la trappola a qualche passo da loro.

«Pieri, è una tagliola, quella. E ce ne sono altre nel capanno.»

Lui sorrise, le labbra rattrappite. Non aveva messo la dentiera.

«Sì.»

«Sono tue?»

Il sorriso scoprì le gengive vuote.

«Eh, sì.»

Teresa provò una sensazione che conosceva bene, ma che cercò di ricacciare nel fondo di se stessa, da dove proveniva. Gli occhi del vecchio erano sempre stati così neri? Di un nero che quasi inghiottiva la sclera, non lasciava spazio ad altro. Buchi neri. Erano occhi che qualcuno aveva definito «ancestrali».

«Te lo devo chiedere, Pieri.»

«Dimmi.»

«Sei stato tu a mettere le tagliole fuori dalla casa dei Leban? Ad avvelenare il loro gatto?»

Il vecchio ridacchiò, curvo. Le voltò le spalle.

«Mi aspettano per la briscola.»

«Hai detto che nessuno vuole giocare con te.»

«Qualcuno mi riesce di convincerlo.»

«Pieri!»

Lo seguirono fino alla Vespa. Lui montò in sella, tolse un berretto di lana dalla tasca e se lo cacciò sulla testa.

«Pieri, sei stato tu?»

Mise in moto. La luce del faro bucò la nebbia, l'oscurità, trapassò Teresa.

Lei appoggiò le mani sul manubrio.

«Che cosa hai visto quella notte di vent'anni fa? Quelle luci nel bosco. Tu c'eri. Tu sai che cos'erano.»

L'uomo le puntò addosso quegli occhi così neri, e finalmente Teresa ricordò la citazione, parole perfette che descrivevano l'annientamento dell'essere umano.

Erano gli occhi dello squalo. L'oscuro cerchio delle pupille. I bulbi, due biglie lucide.

Lo lasciò andare, senza poter far nulla.

«Lo inseguiamo?»

La domanda di Marini non pareva cercare risposta, non conteneva la carica emotiva della convinzione.

«A quell'età? Lo *seguiamo*, per sincerarci che non si schianti da qualche parte. Domani manderemo qualcuno a ripulire il prato dalle tagliole. Sono pericolose anche per lui.»

Salirono in auto e ripercorsero la strada a ritroso. Riuscirono a stargli dietro a fatica. Era solo un puntino rosso che ondeggiava nel fumo della nebbia.

Teresa rispose a una chiamata di De Carli.

«Aspetta.» Attivò il vivavoce. «Parla pure.»

«Abbiamo rintracciato la mediatrice culturale, commissario. All'epoca era una ragazza appena laureata, era uno dei suoi primi incarichi. Ha dovuto pensarci un po', ma poi mi è sembrata sicura: dice di essere stata chiamata dalla polizia di frontiera, sì, ma poi la richiesta era stata ritirata perché uno dei profughi parlava bene l'italiano e poteva fare da interprete.»

Teresa era delusa, ma non stupita.

«Forse era il *passeur*. Si spiegherebbe come poi siano riusciti a sparire tutti assieme.»

«Mi dispiace, commissario. Non c'è altro.»

«Va bene, stiamo comunque arrivando. Grazie.»

Chiuse la chiamata. Il cielo era sceso in una cortina fosca, i fari riuscivano a raggiungere a fatica gli alberi ai lati della strada, illuminandoli di una luce spettrale. Teresa teneva gli occhi sulla linea di mezzeria, capace appena di scorgerne qualche tratto.

«Il mondo è definitivamente scomparso» mormorò Marini.

Anche il puntino rosso della Vespa di Pietro era svanito. Teresa avvicinò il viso al cristallo.

«Quel vecchio pazzo farà una brutta fine, se non si dà una calmata.»

«Provo a raggiungerlo.»

«No, lascia perdere. Cerchiamo di tornare a casa sani e salvi, almeno noi.»

«Ora non porti sfortuna. Non è serata.»

Presero una curva a passo d'uomo, guidati soltanto dalla striscia d'asfalto che si srotolava un metro alla volta.

«Cos'è quella luce?»

Marini indicò un fascio luminoso oltre il cruscotto, nel buio della vegetazione. Puntava dritto verso il cielo, bucando il biancore per qualche metro. Sulla strada, i fari di una macchina ferma.

«Che cosa ho appena detto sulla sfortuna? È un incidente.»

Parcheggiarono in sicurezza, le luci di emergenza accese. Un uomo andò loro incontro con una torcia, illuminando le goccioline fluttuanti che si muovevano come un vento lentissimo. Teresa lo riconobbe a stento sotto il cappuccio del parka.

«Commissario Magris?»

Lui la scrutò accigliato, la pelle bagnata.

«Teresa Battaglia.» Si accorse di Marini alle sue spalle. «Che ci fate qui?» Indicò la scarpata da cui proveniva il fascio di luce. «C'è stato un incidente. L'ho visto volare giù. Ho già chiamato i soccorsi.»

Teresa capì in quel momento qual era l'origine della colonna luminosa: il faro di una Vespa, puntato verso il cielo nero.

«Pietro...»

«Vado giù a vedere, aspetti qui.»

Marini scavalcò il guardrail e Magris lo seguì. Passarono minuti lunghissimi durante i quali Teresa restò ferma al centro della carreggiata, impotente. Se fosse scesa anche lei, sarebbe stata solo un peso ulteriore da riportare su. Nulla la pietrificava di più di quella prospettiva.

Quando Marini riemerse dal buio, aveva il volto rabbuiato.

«Il nostro testimone ha il collo spezzato» le disse piano. «Ergo: non abbiamo più un testimone.»

A volte poteva essere cinico.

«Santo dio, Marini, ne hai visti tanti di colli spezzati, da regalarci diagnosi in cinque minuti? Passami la torcia.»

«Allora riformulo: ha il collo a novanta gradi. Veda un po' lei.»

Teresa osservò l'asfalto, dall'ultima curva al punto in cui l'erba era battuta e il terreno raschiato. Da lì Pietro aveva spiccato il volo verso un'altra vita, qualunque essa fosse.

«Non ha nemmeno tentato di frenare.»

Magris sbucò dalla vegetazione e confermò il suo pensiero.

«È volato dritto lungo la scarpata. Me lo sono visto passare davanti.»

Teresa lo illuminò, attenta a non colpire gli occhi.

«Stava andando da lui?» gli chiese.

«Come dice?»

Teresa indicò con un gesto la strada.

«Non ho visto case scendendo qui. Stava andando dalla vittima? Conosceva Pietro Arturo?»

Magris socchiuse gli occhi, la testa inclinata.

«Lo conoscono tutti. Bracconiere per tutta la vita e per gran parte di essa trafficante di sigarette dalla Slovenia. C'è chi dice che prestasse anche soldi a strozzo, ma nessuno ha mai sporto denuncia, nessuno ha mai testimoniato mezza parola al riguardo. A modo suo, Pietro faceva paura, perché se avesse aperto bocca, chissà che cosa avrebbe raccontato.»

«Già, chissà, ma ora non può più parlare. Stava andando da lui?»

«Me lo sta chiedendo davvero, commissario Battaglia?»

«Per la seconda volta. È un problema?»

«No, se mi spiega perché crede che potrebbe essere rilevante.»

Si sfidarono in silenzio, senza concedere l'uno all'altra nemmeno il guizzo di un muscolo.

Marini prese Teresa per un braccio.

«*Andiamo.*»

Riuscì a farla allontanare, mentre l'urlo di una sirena annunciava l'arrivo dell'ambulanza. Si affrettava senza motivo, forse Magris non aveva comunicato che c'era solo da recuperare un morto.

Aveva iniziato a cadere pioggia gelata. I respiri erano nuvole sempre più dense nella notte.

Teresa cedette, si lasciò portare verso l'auto, ma la mano stringeva con rabbia la tracolla con dentro il fascicolo e il nome di Anbar orfano di un volto, di occhi in cui guardare. Che cosa avrebbe potuto scorgervi? Forse il dolore di una madre senza voce da oltre vent'anni.

Teresa si liberò dalla presa e tornò verso Magris a passo di carica. Gli schiaffò il fascicolo sul petto e premette.

«Che cosa è successo quella notte?»

Magris guardò i fogli, ma non toccò né quelli né lei.

«È impazzita?»

La pioggia bagnava la carta, la rendeva molle come pelle sotto le dita. Teresa non spostò il fascicolo, tenendo lontano Marini con un gesto della mano.

«In questo rapporto non tornano troppe cose» disse.

«Per esempio?»

«Anbar è un nome di donna, non maschile come qualcuno ha scritto, e dove manca la sua foto non ci sono i segni lasciati dai punti metallici come nelle altre. Forse non ci sono mai stati, o forse...»

Lasciò la frase in sospeso.

Magris non mostrò reazioni. Se la rivelazione lo aveva sorpreso, il suo autocontrollo era qualcosa di raro. O forse si era preparato a quel momento da quando si erano incontrati.

«Non aggiunga altro, commissario Battaglia. Una parola in più e sarebbe troppo. Sono un collega, lo tenga presente.»

«Un collega che dovrà spiegare molte cose. Non creda di intimorirmi.»

Teresa tornò sui suoi passi. Marini l'accolse sotto l'ombrello.

«Che cosa gli ha detto?»

Teresa gli passò il fascicolo ormai zuppo.

«Che diversamente dalle altre, la scheda di Anbar non presenta segni di punti metallici.»

Marini lo aprì e cercò la pagina incriminata.

«Per questo la foto si è staccata?»

«Io credo che quella foto non ci sia mai stata.»

Guardarono Magris. Torvo, sotto la pioggia e il nevischio, il commissario discuteva in modo concitato al telefono, mentre faceva segno all'ambulanza di parcheggiare poco più avanti. Era nervoso. Teresa ci aveva sperato.

«Chiama il questore, Marini. Dobbiamo parlare anche con il sostituto procuratore.»

«Allora vuole aprire un'inchiesta?»

Teresa si incamminò in fretta verso la macchina, rovistando nella tracolla.

«Dove sono le maledette chiavi?»

Si mise al posto di guida, continuando a imprecare e a cercare. Le tempie avevano iniziato a pulsare. Marini si affrettò a raggiungerla.

«Che cosa vuole fare?»

«Guidare, se trovo le chiavi.»

Lui sedette al posto del passeggero.

«Le ho io, le chiavi... Ho guidato io fin qui.»

Teresa gli prese il mazzo dalla mano.

«Ah, sì.»

Mise in moto. Si sentiva agitata, aveva il fiato corto e uno stato d'ansia che faticava a decifrare. La rabbia era scoppiata improvvisa, senza che la miccia fosse stata innescata da un fatto che ne giustificasse davvero la portata. Improvvisamente, erano mancati i filtri, le reazioni istintive non avevano contenimento.

Ingranò la marcia e partì, dosando male la pressione sui pedali. Gli pneumatici slittarono per qualche secondo prima di fare presa sull'asfalto bagnato e l'auto scodò. L'urlo di Marini, l'espressione sbalordita di Magris al di là del finestrino, Marini che continuava a gridare. L'ispettore si aggrappava con entrambe le mani alla maniglia.

«Guardi avanti, guardi avanti!»

Teresa sterzò all'ultimo momento per imboccare una curva.

«Fermi la macchina!»

Teresa rallentò di colpo, ma continuò la marcia. Non c'era controllo, dentro di lei. Si rese conto di non sapere dove andare.

«Da che parte è la casa di Chiara?»

«Accosti, guido io.»

«Da che parte è la casa di Chiara!» urlò.

Marini si rassegnò a darle le indicazioni, la voce tesa, come il corpo.

«Giri a destra. A *destra*.»

Teresa fece retromarcia, ripartì.

«Occhio allo stop.» Marini si voltò a guardare dal lunotto posteriore. «Quello era uno stop, commissario. Per fortuna non arrivava nessuno.»

La nebbia ammantava i campi e sembrava essere penetrata anche nella mente di Teresa stingendo la rabbia, ma intorpidendola.

Quando finalmente arrivarono dai Leban, Teresa spense il motore e restò al proprio posto. Marini appoggiò un gomito alla portiera, la mano che reggeva la fronte.

«Che cosa le è preso?»

«Non permettermi mai più di guidare.»

«Poco ma sicuro.»

Teresa guardò i fogli sparsi nell'abitacolo, zuppi e accartocciati.

«Che casino.»

«Sono solo fotocopie. Le ristamperemo.»

E la vergogna? A quella non si poteva rimediare.

Per un attimo Marini sembrò sul punto di aggiungere qualcosa, ma Teresa non era pronta ad ascoltare.

Prima o poi, però, avrebbe dovuto essere pronta a confessare. Forse era l'attesa di quel momento a essere insostenibile.

Marini scrutava il suo viso alla ricerca di un segno. A Teresa pareva di vedere i suoi pensieri. L'ispettore aspettava una reazione che lo facesse orientare nel terreno fragile su cui senza dubbio sentiva di procedere.

Fu l'istinto, un bisogno umano, a farla rispondere a quella chiamata.

«Se ti dicessi che è stato un assaggio della nuova me stessa?»

Lo aveva detto davvero? A *lui*, poco più di un estraneo?

«Lascia perdere, Marini.» Gli passò le chiavi.

«No, voglio ascoltarla.»

Teresa scese dall'auto con urgenza. Udì l'altra portiera scattare e richiudersi.

«Si sente bene?»

«Ora sì.»

Marini si appoggiò al tettuccio. Non fece il gesto di raggiungerla dall'altra parte, non la chiuse all'angolo.

«Come sarebbe la nuova se stessa?»

La sorprese con una delicatezza nella voce che le permetteva di essere almeno in parte sincera.

«Come sarà: più dura, è inevitabile.»

«Per resistere?»

«Semplicemente per andare avanti.»

«Certo che Magris deve averla proprio fatta incazzare. Che le ha detto, qualcosa a proposito del fatto che è donna?»

Teresa guardò altrove e s'incamminò, le mani in tasca. L'aria fredda profumava di bosco, di legna bruciata e biscotti alla cannella. Il camino della casa sulla collina fumava, Teresa immaginò il fuoco crepitante, il forno caldo. Si diresse invece verso il garage rischiarato da una lampadina nuda, che ondeggiava oltre il vetro della finestra impolverata. Qualcuno l'aveva sfiorata da poco.

La porta era aperta. Trovarono Alessandro Leban chino sul tornio, stava dando forma a un pezzo di legno dorato. La resina liberata dalla fibra solleticava la gola.

«Che volete?»

Non si era nemmeno voltato. Teresa non si fece pregare.

«In che rapporti era con Pietro Arturo?»

«Fa prima a dirmi che cosa vi ha detto.»

«Lui? O le tagliole che aveva nella legnaia? Oppure il commissario Magris? Che ci ha raccontato che Pietro era un contrabbandiere e un usuraio.»

Finalmente ottenne l'attenzione dell'uomo. Leban spense il tornio, gettò il legno a terra. Fece schizzare schegge.

«Insinua o accusa?»

Teresa si avvicinò senza timore.

«Non ho ancora le prove per affermarlo, ma credo che lei abbia fatto perdere un bel po' di soldi anche a Pietro. Oppure si è rivolto a lui per avere la somma necessaria per rifondere i suoi clienti. In entrambi i casi, ha contratto un grosso debito che non è in grado di ripagare. Ecco perché le trappole, ecco perché il veleno.

Avvertimenti a non tirare troppo la corda. Pietro non era un tipo paziente. »

« Era? È la seconda volta che parla al passato. »

« Pietro è morto. Mezz'ora fa, un incidente. »

Leban accusò il colpo, ma non disse nulla.

« Si sente sollevato? »

« Sì, non sono così ipocrita da negarlo. »

« Allora avevo ragione. »

Leban prese un altro pezzo di legno da un mucchio e ricominciò il lavoro, passando la carta vetrata a grana grossa sul ritaglio scortecciato.

« Non ho niente da dire. »

« Credo che Pietro abbia raccontato a Chiara la storia del bambino scomparso. In qualche modo, penso che lui fosse coinvolto. »

« Non è possibile che abbia detto a Chiara certe cose. »

« Perché? »

La sfidò con lo sguardo.

« Perché ero sempre con loro. Che padre pensa che sia? Che lasci mia figlia sola con una persona del genere? »

« Però lei quella persona la frequentava, la faceva venire a casa. Come lo spiega? »

« Non devo spiegare un bel niente. »

« Per il momento. »

Fu Teresa a spegnere il tornio.

«A volte parlare è liberatorio, signor Leban.»

Lui rise. Tragicamente, pensò lei. Era un ultimo atto che andava in scena.

«E dovrei parlare con lei?»

«Perché no?»

«Gli avevo chiesto soldi in prestito per ridarli alle persone che avevo rovinato, sì. Ero disperato, mi vergognavo. Non ho pensato alle conseguenze, né a come li avrei restituiti, visto che non riesco più a trovare un lavoro. Pietro si dimostrava comprensivo, era sempre gentile con noi, a differenza degli altri, ma da quel giorno per me è iniziato un incubo. Non ho avuto più pace. Avevo il terrore di vederlo comparire dal vialetto, perché...» strinse i pugni davanti al petto, «... perché dentro di me sapevo, *sentivo*, che in quel vecchio c'era qualcosa di pericoloso, di maligno. Ma non so niente di bambini scomparsi, né di tombe nel bosco. Amo mia figlia. Io amo Chiara. Non potrei mai fare male a qualcuno come lei.»

Lo dicevano i suoi occhi disperati. Lo diceva il cuore, che vibrava nel fiato spezzato.

Teresa aveva avuto la risposta che cercava.

«Giulia vi ha detto delle febbri di Chiara?» Leban si era seduto su un ceppo, pareva svuotato. «Chiara spesso ha la febbre alta, senza motivo apparente. In quei momenti, dice di vedere qualcosa attorno a noi, nella stanza.»

« Qualcosa? »

L'uomo sembrò pentirsi, scattò in piedi, le mani alzate come per allontanarli.

« Sentite, andatevene. »

« *Qualcosa* cosa? »

« Santo dio... Presenze, che ne so! Giulia ci crede. Crede che sia tutto vero. »

« E lei? »

Le braccia di Leban ricaddero pesanti lungo i fianchi. Una resa.

« Io credo solo a quello che vedo. »

Teresa ebbe l'impressione che fosse una bugia.

«So di metterti in una brutta posizione, Paolo.»

Paolo Ambrosini alzò le sopracciglia.

«Solo brutta?»

Teresa aveva esposto fatti e sospetti, il questore l'aveva lasciata parlare senza mai interromperla, nemmeno per una domanda, ma lei era sempre stata consapevole delle sue reazioni interiori, dello stress a cui ogni singola parola sottoponeva il delicato equilibrio che portava a una decisione.

Era stata chiara con lui, fin dal momento in cui aveva chiuso la porta dell'ufficio ed erano rimasti soli.

«Sto per aprire una crisi e non voglio che tu ti esponga solo perché siamo amici.»

Lui si era lisciato i baffi.

«L'ho mai fatto?»

«Sospetto di sì e tante di quelle volte che ormai non le conto più.»

Questa volta, Teresa non lo avrebbe permesso.

Alla fine della relazione, lui le chiese per che cosa esattamente fosse lì. Teresa non si fece pregare.

«Vorrei che tu venissi con me dal sostituto procuratore. Ho bisogno che Gardini mi firmi un decreto per cercare nell'ospedale in cui erano stati accompagnati i profughi. E me ne serve un altro per i controlli incrociati sui registri delle chiamate.»

«Che utenze intenderesti controllare? No, non rispondere. Ho capito.» Il questore si passò le mani sul viso, la fede d'oro all'anulare portava impressa l'usura di decenni. Tornò a guardare Teresa, ma le mani erano rimaste sulle guance. «Vuoi mettere sotto indagine dei colleghi?»

«Voglio solo capire se qualcuno sapeva dell'errore e lo ha coperto. Voglio capire *se* è stato un errore.»

Ambrosini tastò la giacca.

«Questo sarebbe il momento per una sigaretta, o anche due di fila.»

Teresa puntò un dito sulla scrivania.

«Credo di aver sollevato un putiferio, oggi. Se qualcuno ha paura di essere scoperto, in questo momento sta reagendo, di sicuro in modo meno accorto di quanto farebbe a mente fredda.»

«Dici 'qualcuno', ma ha un nome e un cognome, e una reputazione che rischia di colpirci come un boomerang. Magris non era nemmeno in servizio in regione all'epoca.»

«Però è lui che comanda ora.»

Ambrosini aprì un cassetto e posò uno Zippo sul ripiano.

«A dire il vero, sarebbe il questore.»

«Intendevo dire che è lui che esercita un influsso potente sui colleghi proprio per la reputazione che persino tu gli riconosci. Non è tipo a cui possa strisciare qualcosa sotto al naso senza che lo noti e noi sappiamo come funziona una squadra ben rodata.»

«È un elemento vivo, che reagisce.»

«Reagisce, sì, eliminando chiunque venga colto in fallo, o serrando i ranghi per proteggerlo, dipende da chi la guida, dai valori che quel capo porta a modello. Questo devo capire. Paolo, la questione è semplice: o andiamo avanti, o ci fermiamo qui. Non ci sono alternative.»

Lui si accomodò meglio, accavallò le gambe, giocherellando con l'accendino sul ginocchio.

«Ora farò l'avvocato del diavolo. Sono passati più di vent'anni. Se è stato commesso un reato, è possibile che sia prescritto...»

Teresa alzò la mano.

«Hai ragione. Per saperlo, però, dovremmo prima capire di che tipo di reato parliamo, non credi?»

Lui osservò per qualche istante i riflessi sul metallo.

«Vuoi farlo davvero, Teresa?»

«Io da sola non posso fare niente.» Avvicinò la sedia alla scrivania. «C'è stato un errore, partiamo da questo. Un errore che fa pensare. Ipotizziamo per un momento che sia collegato alle tracce che abbiamo trovato e che esista un responsabile: ha scommesso tutto sull'indifferenza di chi gli stava accanto, sullo scorrere del tempo e sui mille impegni che ogni giorno, ogni minuto, ci distraggono dallo scrutare le ombre e riconoscere che cosa vi si nasconde. La domanda giusta è un'altra. *Vogliamo scoprire che cosa è successo, e vogliamo farlo assieme?* »

Il questore fece scattare lo Zippo.

«Che domande, Teresa. Se tu sei decisa ad andare avanti, certo che sono con te.»

Sollevò il ricevitore del telefono, digitò un numero.

«Ora vediamo se Gardini sarà con noi.»

La squadra non la lasciò sola. Erano tutti presenti nell'ufficio della Procura in cui si decideva il destino dell'indagine. Parisi, De Carli e Marini avevano chiesto di assistere.

I primi due erano stati categorici.

«Dobbiamo farlo assieme.»

«Un fronte comune.»

Marini era stato il più flemmatico.

«Io lo davo per scontato.»

La loro presenza, per quanto discreta e silenziosa, non era usuale e non passò inosservata. Il sostituto procuratore prese una pausa dalla lettura della pratica e li guardò da sopra il bordo degli occhiali di bachelite.

«Siete venuti in forze, commissario.» Fece un cenno al segretario. I due confabularono a bassa voce, si scambiarono fogli e richieste, prima che l'assistente si ritirasse nel proprio ufficio. Teresa non riuscì ad afferrarne le parole.

Il sostituto procuratore tornò a immergersi nella lettura delle memorie. Dietro di sé, Teresa sentiva i suoi ragazzi sostenerla in quei lunghi minuti silenziosi con la calma che apparteneva a chi era certo che non avrebbe potuto né voluto essere da nessun'altra parte se non lì. Credevano in lei e non erano disposti a mandarla avanti senza che questo fosse chiaro a tutti.

Il segretario tornò reggendo una cartellina per la firma dei documenti. La porse a Gardini e attese.

Il sostituto procuratore prese la stilografica e ruotò il cappuccio.

«Accolgo le richieste, commissario. Considerata la delicatezza dell'indagine, raccomando comunque discrezione.»

Appose la propria firma sull'atto che scoperchiava un segreto lungo più di due decenni pronunciando due parole, con il sorriso pacifico che lo contraddistingueva.

«Facciamo chiarezza.»

La chiarezza è una delle strade che porta alla giustizia, fu il pensiero di Teresa, mentre lo guardava vergare le lettere che le assegnavano il potere di tornare nel passato, rivoltarlo come una zolla, e setacciarlo.

«Grazie, dottor Gardini.»

In virtù del suo avallo, le banche dati si aprirono davanti alle loro richieste. Risalirono facilmente all'ospedale che aveva accolto i profughi e inoltrarono l'istanza per ottenere i referti clinici. Le relazioni avrebbero cantato come carte da gioco svelate sul tavolo.

E cantarono.

Anbar Imamović, sesso femminile, età approssimativa venticinque o trent'anni all'epoca dei fatti, ricoverata in stato di grande agitazione divenuto poi catatonico il 31 ottobre 1995. Presentava ferite profonde agli arti superiori: anulare e mignolo di entrambe le mani erano stati tranciati all'altezza della prima falange. Non erano presenti segni di sutura, solo bendaggi improvvisati. Le ferite non erano recenti e mostravano uno stato iniziale di suppurazione che impediva la cicatrizzazione.

In quei pochi fogli, Anbar si era ripresa la propria voce, non era più un profilo sbagliato, esisteva davvero. Per oltre vent'anni era stata solo una goccia di sangue rappreso, sepolto, nascosto e infine di nuovo svelato. Una goccia di sangue che aveva continuato a battere, accanto a quella del suo piccolo. Chiara li aveva uditi pulsare nella bruma del limbo, un territorio sospeso in cui le percezioni della bambina forse riuscivano ad arrivare.

Un medico stava illustrando il referto a Teresa. Disse le parole «pulizia etnica» e «torture». Anbar era stata seviziata, perché apparteneva alla minoranza dei bosgnacchi, i musulmani bosniaci. I compagni di viaggio lo avevano confermato. Uno di loro parlava bene l'italiano, come già sapevano dalla relazione consegnata da Magris.

Teresa inforcò gli occhiali da lettura.

«C'è scritto qualcosa di più sull'agitazione della donna? Disse qualcosa che qualcuno ebbe cura di annotare?»

Il medico voltò pagina.

«Cercava suo figlio, ma non c'era nessun bambino. Non c'era stato per tutto il viaggio, fu chiesto anche ai compagni. Dissero che la mente della donna era malata. Forse il figlio le era stato ucciso in guerra. Non lo sapevano.»

Teresa lo corresse.

«Lo disse quello di loro che parlava italiano e che molto probabilmente era il *passeur*. Gli altri hanno confermato quello che lui voleva.»

Il medico abbassò lo sguardo.

«Mi dispiace. Non sempre siamo preparati per queste situazioni. Anche la polizia confermò che non c'era alcun bambino nel gruppo.»

«Sicuramente non c'era più.»

«Almeno, la donna è stata allontanata da quegli uomini.»

«Che intende dire? Furono accompagnati tutti in una struttura di accoglienza da cui scapparono.»

«Non tutti.» Le indicò l'ultima pagina. «Alla donna fu praticata la sutura delle ferite, le furono prescritti antibiotici e sedativi, perché aveva compiuto atti di violenza verso se stessa, e un percorso di accertamenti psicologici. Se le cose sono andate come dovevano, credo che non sia mai stata portata nella stessa struttura di accoglienza dei compagni, di certo non quella notte. Fu ricoverata. Possiamo controllare.»

Teresa riuscì solo ad annuire. Ecco perché non avevano trovato traccia di lei nella documentazione della struttura di accoglienza a cui erano stati destinati i compagni. Si schiarì la voce, per ricacciare il grumo di emozioni nello stomaco. Con un cenno, chiamò accanto a sé Marini, rimasto in piedi sulla porta, ma non gli mostrò il viso.

«Trovate un mediatore culturale che parli bosniaco. Uno vero.»

L'ispettore uscì in fretta. Teresa immaginò il passaggio di consegne a Parisi e De Carli, in attesa fuori. La rete era stata gettata e si stava allargando. Avrebbe catturato ogni singolo dettaglio, le sue maglie sarebbero state trappola e salvezza allo stesso tempo.

Sentiva che Anbar era ancora viva. Stava aspettando.

35

Anbar. Teresa si era aspettata una goccia d'ambra in una stanza dai toni sbiaditi, invece la pelle della donna seduta in attesa di incontrarli era chiara, solo leggermente olivastra dove gli zigomi alti ombreggiavano la mascella, per disegnare un cuore fino al mento. I capelli scuri, screziati da qualche filo bianco, erano divisi a metà sulla fronte e sparivano sotto un fazzoletto a disegno Kashmir, che a Teresa ricordava quello di sua nonna. Gli abiti erano semplici, persino lisi. Una gonna di lana, le calze color carne, un maglioncino infeltrito.

Impossibile darle un'età.

«Le mani.»

La voce di Marini era stata un sussurro da cui trasparivano incredulità e orrore.

Le mani devastate dal supplizio stavano in grembo, le dita intrecciate tra loro, percorse da un lieve tremore. Solo tre per parte sul grumo ritorto che era il palmo.

Teresa capiva Marini. Leggere di torture non faceva nemmeno affacciare all'anticamera del turbamento che si provava nel vederle impresse sulla carne.

La responsabile della comunità che ospitava Anbar si

appoggiò allo stipite, le braccia incrociate, e guardò la donna con affetto.

«Anbar sta molto meglio, ora. Non soffre più di sbalzi d'umore e l'autolesionismo è ormai alle spalle da anni. Non ha nemmeno più bisogno dei farmaci. Lavora ogni giorno assieme agli altri ospiti nel laboratorio di tessitura. I suoi lavori sono i più belli, nonostante l'handicap. Le vogliamo bene. Potrebbe uscire, accompagnata, potrebbe addirittura vivere in un appartamento fuori comunità assieme ad altre donne che stanno facendo un percorso di affrancamento, ma sembra non voglia tornare al mondo. A lei basta stare qui. Non ha mai voluto imparare l'italiano, ma qualche parola ormai la capisce, anche se si rifiuta di parlarlo.»

Il commento di Teresa fu lapidario.

«Non sta meglio, si è arresa, e al mondo non ci vuole tornare perché proprio quel mondo l'ha tradita.»

Entrò, senza curarsi della risposta, o del permesso. Davanti a sé, aveva una donna abbandonata. Nessuno era venuto da Srebrenica per reclamarla come pezzo del proprio cuore. Nessuno aveva mai anche solo sospettato per un momento che stesse dicendo la verità.

In quale orrendo silenzio era stata lasciata per metà della sua vita. Anbar, quel silenzio, lo stava restituendo.

Sedette davanti a lei. Gli occhi della donna si sollevarono e Teresa incontrò l'ambra che aveva cercato inutilmente sulla sua pelle. Era nelle iridi, si intrecciava ai filamenti nocciola. Si chiese se il figlio portasse nello sguardo quello stesso marchio del sole.

Doveva essere vivo, anche lui. Teresa non poteva essere arrivata fin lì per scrivere il finale di una tragedia, per dire a una madre che attendeva da vent'anni che la propria creatura era morta quella notte, o la notte dopo ancora, chissà come, dove e in che mani. Scacciò con violenza il pensiero, già sapendo che in quel caso avrebbe mentito alla madonna che le stava di fronte. L'avrebbe liberata in un modo diverso, che ancora non le riusciva di escogitare.

La responsabile sedette accanto ad Anbar e presentò i nuovi arrivati. Era stata chiamata anche la psicologa della comunità. Teresa, invece, dalla sua aveva Marini e l'interprete, un croato di nome Nikola.

Non c'era stato molto tempo per preparare il colloquio e l'inizio non fu facile. La donna sembrava a disagio, sicuramente era spaventata dallo strappo nella routine quotidiana.

Teresa avrebbe voluto toccarla e prenderla tra le braccia, e confortarla. Non riusciva a smettere di guardarla, incarnazione di un sogno, madre che portava la croce.

Si mise d'accordo con Nikola su come procedere, intervallando le domande e le risposte con la traduzione.

Posò le mani sul tavolo e sorrise incoraggiante.

«Mi chiamo Teresa Battaglia, sono commissario della polizia.»

Quante volte l'aveva detto e tra quante altre volte non avrebbe più potuto dirlo?

Nikola tradusse, ma attesero invano la risposta.

«Voglio dirti subito che non siamo qui perché ci sono dei problemi, né per crearteli. Puoi stare tranquilla.»

Anbar continuava a fissare la porzione di tavolo vuota.

Teresa si fece passare da Marini il fascicolo, ma non lo aprì. Notò che nemmeno l'ispettore aveva il polso fermo.

«Sono qui per parlare di quella notte, Anbar. La notte in cui sei arrivata in Italia.»

Nikola consegnò il messaggio e questa volta le labbra della donna sussurrarono appena la risposta, tanto che l'interprete dovette sporgersi in avanti per afferrare le parole.

«Dice che non vuole parlare con la polizia.»

Teresa aprì il fascicolo.

«Non vuoi perché quella notte nessuno ti ha ascoltato, ma io sono qui per farlo, sono qui perché voglio che mi racconti che cos'è successo.»

«Ha detto di nuovo che non vuole parlare con la polizia.»

«Lo capisco, Anbar. Perché ti abbiamo lasciata sola, ma questa volta io non me ne vado.»

Teresa sistemò sul tavolo le foto dei compagni che

avevano attraversato il confine italiano assieme a lei. Anbar distolse in fretta lo sguardo, rivolgendolo al giardino fuori dalla finestra, ma l'adrenalina tradì la sua reazione profonda.

La luce che colpiva gli occhi non riusciva a restringere le pupille – per vedere meglio nello stato di allerta.

La pelle si era vestita di pallore – i vasi sanguigni si erano contratti per convogliare l'ossigeno nei muscoli, per scappare meglio dal pericolo, che in questo caso era un ritorno alla disperazione.

Nell'immaginazione di Teresa, le reazioni del corpo alla paura improvvisa rappresentavano i passi di una fiaba, di quelle in cui qualcuno rischia sempre di venire divorato.

Un pettirosso si posò sul cornicione, il tempo di becchettare i semi che qualcuno, forse la stessa Anbar, aveva lasciato lì per lui, e spiccò di nuovo il volo.

La donna sollevò una mano e senza guardarli spostò piano quei volti, come a tenerli lontani.

Teresa si allungò sul tavolo per posarle una mano sul braccio.

«Sappiamo che qualcuno ha preso tuo figlio, quella notte.» Diede il tempo a Nikola di tradurre. «Lo vogliamo trovare.»

Smisero tutti di respirare, fu questa l'impressione di Teresa. Il diaframma si era contratto per sostenere l'assalto delle emozioni.

Anbar sollevò il viso, le lacrime iniziarono a scendere, ma lei non emise nemmeno un sospiro. Teresa strinse più forte. Com'era fredda la sua pelle all'altezza del polso. L'istinto fu di scaldarla con le sue dita.

«Sappiamo che esiste. Ti crediamo.»

Anbar continuava a piangere in silenzio, iniziò a dondolarsi.

Teresa fece un cenno a Marini e lui posò sul tavolo la busta con il peluche.

Fu come scoperchiare l'inferno. La donna urlò tra le lacrime, afferrandolo e stringendolo al petto.

«Chi ha preso il tuo bambino, Anbar? Chi l'ha preso?»

Anbar le afferrò le mani, le trattenne tra le sue dita, quelle risparmiate dalle violenze e che Chiara aveva visto nei suoi sogni. Erano affusolate, le mani di un'artista che intrecciava fili forse nella speranza di trovare un giorno, forse nemmeno più su questa terra, la parte spezzata del proprio. Anbar parlava, Nikola traduceva.

«Dice che era un uomo di qua, che conosceva il *passeur* che li stava guidando. Avevano un appuntamento. Era arrivato da loro a colpo sicuro, nel bosco, prima dei poliziotti. Sapeva dove trovarli. Aveva fretta, diceva che lo stavano aspettando per la consegna. Prese il bambino addormentato.»

Anbar lasciò andare per un momento le mani di Teresa per mimare il gesto di cullarlo, e poi aprì le braccia, urlando, come se qualcuno glielo avesse appena strappato dal petto. Era disperata.

Teresa si rivolse all'interprete.

«Quanti anni aveva il bambino?»

«Quattro.»

Marini avviò un video sul suo cellulare e lo fece vedere alla donna. Teresa le ripeté la domanda.

«Chi ha preso il tuo bambino?»

«*On! On!*»

Nikola guardò Teresa.

«Lui. Dice che è stato lui.»

Era il video in cui Pietro veniva intervistato.

Anbar non smetteva di parlare. Batté una mano sul cuore, agitata.

«*Suljo!*»

«Dice che il figlio si chiama Suljo. Vuole che vi dica che deriva dall'arabo Sulejman, il nome di un grande re, un nome che significa pace.»

Anbar cercò di nuovo la mano di Teresa, lei gliela strinse e con l'altra strappò un foglio dal diario. Sapeva quanto i nomi fossero importanti per chi professava la religione islamica. Venivano discussi a lungo, scelti con cura, in un processo che coinvolgeva tutta la famiglia. Ma che ne era stato di quella famiglia?

«È un nome molto importante, Anbar.»

Teresa annotò tutte le domande che aveva bisogno di rivolgere alla donna.

Qualcuno doveva iniziare ad avere paura, perché lei non si sarebbe fermata a quel punto, non dopo aver visto lo scempio inflitto a quelle vite.

36

Avevano trovato Anbar, ma sull'altro fronte delle ricerche era stata una disfatta. Le analisi sui tabulati telefonici non avevano condotto a quanto sperato. Dalle chiamate in arrivo e in partenza dall'ufficio e dal cellulare di Magris non erano emersi contatti sospetti. Non c'era nulla che lo collegasse a Pietro e nulla che facesse sospettare un suo coinvolgimento nell'insabbiamento del caso. La notte in cui Pietro era morto, dopo che Teresa lo aveva attaccato, Magris aveva chiamato la centrale. Ma con chi aveva parlato e di cosa, se i soccorsi erano già stati allertati?

Teresa aveva ricevuto la notizia appena tornata in questura e la stava digerendo. Se solo Marini avesse smesso di andare avanti e indietro per l'ufficio, forse avrebbe anche potuto riuscirci. La innervosiva.

«È stata straordinaria. In quella stanza, con quella donna, lei è stata straordinaria. Dio, avrebbe dovuto vedersi.»

Teresa non alzò nemmeno gli occhi.

«Non ho detto poi molto.»

«Era il poco giusto.»

Teresa setacciò la borsa in cerca di una caramella. Non trovandola, rovesciò il contenuto sulla scrivania, imprecando. Le carte luccicanti e colorate erano tutte vuote, ma almeno profumavano di zucchero e frutta dolce. Le annusò a una a una, incurante dello sguardo esterrefatto di Marini.

«Questo è lampone.»

«Sa di avere un problema, vero?»

«Solo uno?»

Infine, si arrese a giocherellare con la penna. C'era un'altra questione che la tormentava, oltre al nulla di fatto con Magris.

«Io quel figlio glielo devo riportare in qualche modo alla madre, o tutto questo non sarà servito a niente. Ma dove lo trovo, come? E se è morto?»

Marini cacciò le mani in tasca, ma non accennò a sedersi.

«Non è vero che non sarà servito a niente. Lei ha creduto a questa storia quando nessuno, tanto meno io, era disposto a farlo. Ha ascoltato il grido d'aiuto di quella donna quando ancora non aveva detto una parola. Nemmeno la conosceva o sapeva che esistesse! Non ho idea di come faccia, commissario, ma è qualcosa che le invidio.»

Teresa continuò a far ruotare la penna.

«È solo esperienza, Marini. Tanta esperienza. Alla fine lo senti, resta attaccato alle storie per decenni, l'odore che emette.»

«Che emette chi?»

«Non *chi*, che cosa. Il male.» Teresa si alzò, più dolorante di quando si era seduta per riposare. Era un diesel vecchia maniera, le ci voleva del tempo per mettersi in moto, ecco perché si fermava di malavoglia. Ripartire era peggio che finire sotto un treno.

Marini appoggiò entrambe le mani sulla scrivania.

«Il male. Ora andiamo sul filosofico, o sul trascendentale?»

«Ah, nessuno dei due. Il male è molto empirico, lo puoi descrivere con termini specifici, persino banali. In questo caso? *Avidità*. Chissà quanto ha fruttato quel bambino. *Indifferenza*. Con una diagnosi facile facile e qualche pillola si mette a tacere una donnetta isterica, sporca e malandata che non parla nemmeno la nostra lingua. Problema risolto, avanti il prossimo. *Disattenzione*. Nessuno ha controllato che quel maledetto rapporto dicesse la verità.»

La mascella di Marini ebbe uno scatto.

«Tranne lei.»

Teresa raccolse le sue cose e le gettò nella borsa.

«Cosa vuoi che ti dica, sono una rompicoglioni.»

«E adesso dove va?»

«Fuori, a fumare.»

«Lei non fuma.»

Teresa era già in corridoio.

«È un modo per dirmi di non seguirla?»

Teresa si infilò nell'ascensore, sopraffatta dalla rabbia, dal dispiacere, dalla malinconia che la storia di Anbar e Suljo aveva portato nella sua vita.

Fuori pioveva, il piazzale luccicava sotto la luce dei lampioni. Teresa era uscita d'impulso, solo per la necessità di respirare senza che Marini le respirasse a sua volta addosso.

Tirò su il cappuccio del giaccone e sedette sul muretto che delimitava il parcheggio interno. Freddo e umidità le agguantarono natiche e gambe, scuotendola di brividi, ma alla fine il suo corpo pesante ebbe la meglio e le fece da barriera contro il gelo. Nulla poteva, invece, contro i pensieri.

La disattenzione all'essere umano aveva fatto sì che un bambino venisse rapito. In questa indifferenza emotiva qualcuno si era mosso indisturbato per sottrarlo alla madre. Capitava ogni giorno, aveva ricordato Parisi. Teresa non riusciva a immaginare tragedia più agghiacciante, nemmeno la morte, perché, nel dubbio, la sofferenza della tua creatura la puoi immaginare – e vivere – in mille, orribili modi diversi. Ogni giorno, finché respiri.

Teresa era terrorizzata di scoprire che fine avesse fatto Suljo.

Un'ombra si mosse oltre il cancello d'entrata e venne dritta verso il parcheggio. Era un uomo, il volto nascosto dal cappuccio del piumino. Si arrestò a qualche metro da lei, fermo sotto la pioggia, le mani lungo i fianchi. La stava fissando. Teresa strizzò gli occhi, i riflessi dei lampioni non illuminavano quel viso nero. Gli indicò il marciapiede.

«Sta cercando qualcuno? L'ingresso principale è da quella parte.»

L'ombra venne dritta verso di lei. Era un uomo, imponente. Teresa provò una sensazione di allarme, che non riusciva a scacciare nemmeno al pensiero di trovarsi nel cortile di una questura.

«Cercavo lei.» Lo sconosciuto si mise sotto la luce. «Ho appena chiamato il suo ufficio, mi hanno detto che era scesa a prendere aria.»

Era Magris.

«Che ci fa qui?»

Lui aprì il piumino e le porse una busta. Teresa la prese, era bianca, senza indicazioni.

«Ho inviato tutto via email, ma ci tenevo a dargliela anche di persona. È il profilo di un ex collega che forse potrebbe trovare interessante.»

Teresa la rigirò tra le mani, ma non l'aprì. Tornò a guardarlo.

«'Interessante' significa 'sospetto'?»

Lui soffocò una risata bassa.

«Potrebbe, sì, ma lascio a lei il giudizio. Era stato allontanato dalla squadra mobile per problemi di salute e assegnato alle pratiche burocratiche.»

«Crede abbia compilato lui il rapporto sbagliato.»

«È fortemente probabile, non eravamo e non siamo in molti. E il problema di salute era in realtà ludopatia. Giocava forte, gli bastava uscire dalla questura per attraversare la strada e andare nei casinò oltre confine. Debiti, debiti e ancora debiti.»

«Anche con Pietro?»

«Sì, così sembra. Se richiedete un decreto per la perquisizione dell'abitazione di Pietro, sono sicuro che troverete i vecchi registri dei conti. Gli strozzini non li buttano mai, possono sempre tornare buoni per riscuotere favori.»

«O per ricattare.»

«Per quella gente si tratta della stessa cosa.»

Teresa aprì la busta e sbirciò il nome, non le disse niente. Aveva già richiesto il provvedimento, i sigilli erano stati apposti alla casa in attesa dell'indomani. Con la testimonianza di Anbar e i reperti trovati, avevano avuto finalmente gli elementi per rivoltare la vita segreta del vecchio Pietro.

«Che ne è stato di questo ex collega?»

«Fu allontanato definitivamente dalla polizia. Aveva chiesto soldi anche alle persone sbagliate.»

«Più sbagliate di Pietro?»

«La *mafija* slovena, sospettarono. Dopo aver subito un pestaggio, non fu più fatto rientrare al lavoro, ma si rifiutò di sporgere denuncia. Non si arrivò mai all'identità dei colpevoli.»

Teresa richiuse la busta. Sarebbe stata una lunga notte.

«Aveva ragione, commissario Battaglia. Quando Pietro è morto, stavo andando da lui. Non so dirle esattamente perché, non avevo sospetti precisi, ma conoscevo il passato di quell'uomo ed era bastata una ricerca veloce per arrivare al video dell'intervista. C'era qualcosa che non quadrava. Tutto il suo corpo, mentre parlava...»

«Diceva il contrario di quanto stava affermando.»

«Lo ha notato anche lei. Il tono della voce acuto, i continui scatti della testa... stava mentendo. La sua reputazione mi aveva convinto ad andarci a parlare, per togliermi uno sfizio.»

«Era più di uno sfizio. Abbiamo un testimone che conferma il coinvolgimento di Pietro... in modo pesante.»

«Bene. Allora, ce l'avete fatta. Complimenti, commissario.»

Non fece domande su un'inchiesta che non era sua. Teresa pensò che forse sarebbe dovuta diventarlo, ora che la sua posizione era chiarita. Una questione di competenza territoriale, che però l'avrebbe messa in difficoltà. Voleva arrivare alla fine di quella storia. Stirò la busta tra le mani.

«Potremo dire di avercela fatta quando ogni particolare andrà al suo posto, e credo che questa potrà mettere il punto finale.»

La pioggia era cessata. La voce della sera risuonava del gocciolio delle grondaie, del borbottio dei ruscelli nei tombini. Ogni tanto, degli schiaffi d'acqua proiettati dagli pneumatici sulla strada.

Teresa guardò il cielo. Le nubi nere erano così basse da riflettere le luci della città.

«L'ho aggredita, quella sera» ammise. «Le chiedo scusa. Sospettavo di lei. Credevo che in qualche modo stesse cercando di proteggere i suoi, nel caso qualcuno fosse stato coinvolto.»

«E uno di loro lo era, probabilmente, ma questo ce lo dirà presto la sua indagine, commissario.»

«Scuse accettate?»

«Sì, ma non ce n'era bisogno. Io avrei fatto lo stesso.» Magris abbassò il cappuccio, guardò anche lui il cielo. «Se non fosse stato per lei, per la sua sfuriata, forse non sarei qui con quel nome. Quella sera ho chiamato immediatamente la centrale e l'ho messa a ferro e fuoco fino a trovare il profilo che le ho dato.»

«Ci sarebbe arrivato comunque, anche senza la mia sfuriata.»

«Sa, qualche anno fa ho fatto un master negli Stati Uniti. A Baltimora.»

Lo disse come se il nome di quella città dovesse suggerirle qualcosa. E in effetti lo fece.

Teresa ridacchiò e abbassò la testa, sprofondando nel giaccone. Immaginò come sarebbe continuato il racconto.

«Il docente era – *è* – il miglior profiler in circolazione. Quando seppe da dove venivo, mi raccontò che conosceva una poliziotta italiana molto in gamba, che aveva seguito uno dei suoi corsi per specializzandi. Non disse 'allieva', disse 'una mia amica'. La definì eccezionale. Sa di chi sto parlando?» Sembrava impressionato. Teresa poteva capirne il motivo. Robert faceva questo effetto.

«Credo di saperlo, sì.»

Magris sorrise.

«Io avevo già sentito parlare di lei, ma addirittura nominare da lui... Be', lui ha *pensato* quelli come noi. Posso chiederle come lo ha conosciuto?»

Teresa ricambiò il sorriso e sollevò la busta, come per dire che le loro chiacchiere avrebbero dovuto aspettare.

«È una lunga storia.»

Sollevò la mano anche Magris, ma in segno di saluto. Fece qualche passo indietro, prima di voltarsi.

«Ma certo. Me la racconterà un giorno, spero.»

Teresa lo richiamò poco dopo.

«Non si ferma?» Indicò una finestra illuminata. «Abbiamo trovato la donna, quella che nel rapporto è segnata come uomo. Adesso dobbiamo trovare suo figlio.»

37

Dopo una notte di consultazioni su come procedere, la mattina successiva le porte della casa di Pietro si spalancarono per rivelare stanza dopo stanza la storia nascosta del suo proprietario.

Le squadre di Magris e Teresa ormai proseguivano gomito a gomito, l'inchiesta era condivisa.

Teresa infilò i guanti per l'ispezione, ma per il momento lasciò agli altri il lavoro. Camminò lungo il corridoio, osservò gli ambienti, respirò la quotidianità di Pietro.

Il vecchio non aveva parenti in vita, era stato nominato un avvocato d'ufficio che era presente alla perquisizione. Per un po' seguì i passi di Teresa, più che altro per un pro forma; solo di tanto in tanto si ricordava di dover mostrare interesse verso ciò che avveniva. Presto si stancò e si mise a fare lunghe telefonate che riguardavano altri casi.

L'interno era più curato di quanto Teresa si aspettasse. Non molto, per gli standard comuni, ma non era l'antro sporco e malato di una mente devastata.

Questo la spaventò.

Si accorse che Marini la stava osservando a qualche passo di distanza. Lo chiamò accanto a sé.

«Vieni, stiliamo un profilo.»

«Di Pietro? È morto.»

«Non sai che il profiling si fa anche ai morti? Su. Che cosa vedi?»

Lui si concentrò, aggrottò le sopracciglia nel modo che, ormai Teresa l'aveva capito, era tipico di quando cercava di trarsi d'impaccio. E con lei capitava spesso.

«Nulla di interessante sotto il profilo psicologico, commissario.»

«Intendi dire nulla di palesemente oscuro? Nessuna traccia del male?»

«Suppongo di sì.»

Teresa sfogliò le prime pagine di una rivista specializzata sulla pesca sportiva.

«È così. Ma questo rende tutto ancora più orribile, perché la malattia mentale è un'attenuante, mentre questa normalità significa che Pietro era capace di intendere e di volere. Di scegliere consapevolmente di vendere un bambino.»

Il salotto era in penombra. Appena entrati nella casa avevano aperto tutte le imposte, ma sembrava che la luce non volesse entrare lì dentro. I mobili erano di legno scuro, antiquati. Le pareti dipinte decenni addietro di un beige ora stinto accoglievano i trofei di caccia del padrone. Scoiattoli, un gatto, diversi caprioli, due cinghiali enormi con i loro cuccioli, tre barbagianni e un gallo cedrone. Teresa li trovava rivoltanti. Non aveva mai capito come si potesse accogliere in casa teste impagliate dagli occhi sbarrati e vitrei, pellicce e piumaggio opachi, l'odore orribile dell'imbottitura dove prima c'era il calore di un piccolo cuore. Era come abbracciare la morte e ritagliarle ogni giorno uno spazio nella propria vita. Le creature sacrificate parevano ricambiare il suo sguardo e chiedere compassione. Teresa si scoprì a desiderare che fossero bruciate, affinché liberassero il dolore racchiuso nel sangue versato.

Marini spalancò la finestra e lasciò entrare il freddo.

«Ho bisogno di respirare. Ritratto quello che ho detto prima. Questo posto mi mette a disagio.»

Teresa rovistò tra i giornali appoggiati sul tavolino da caffè.

«C'è anche della corrispondenza.»

Bollette, qualche dépliant pubblicitario con sconti di mesi prima, la lettera di un avvocato. Aprì la busta stropicciata e scorse velocemente.

«Pietro era seguito dai servizi sociali. Era stato nominato un amministratore di sostegno. A gennaio per lui si sarebbero spalancate le porte di un ospizio. La casa sarebbe stata ceduta al comune a copertura delle spese.»

Marini si mise dietro di lei.

«È di due settimane fa. Il vecchio aveva un sacco di motivi per essere incazzato.»

«Sradicato, reso impotente. Senza voce. Lo hanno annientato.»

«Crede che si sia lanciato da quella scarpata?»

Era un pensiero che aveva sfiorato Teresa. Richiuse la lettera, la infilò in una busta per la raccolta dei reperti e la consegnò all'ispettore.

«Non lo sapremo mai, Marini. Forse, sì. Tu te la sentiresti di giudicare?»

«Io?»

«Mmh, sei troppo giovane anche solo per immaginare.»

«Che cosa?»

«La perdita di autonomia. Di decoro. I bidoni là fuori sono pieni dell'amor proprio di un vecchio.»

«In camera da letto c'è un arsenale di fucili, commissario.» De Carli stava passando con un elenco in mano. «Stiamo inventariando. Quasi tutti i numeri di matricola sono limati.»

Teresa annuì. Avevano già perquisito il capanno, trovandovi tagliole, cappi di fil di ferro, catene, un set di coltelli da caccia.

Parisi riemerse dalle scale che portavano in cantina. Aveva ragnatele tra i capelli e sulle spalle. Reggeva tre tomi impolverati.

«Abbiamo trovato i libri contabili.»

Li posò sul tavolo della cucina, passandoci sopra un

fazzoletto. Un ragno fuggì veloce e si calò lungo una gamba di metallo.

Teresa e Marini ne aprirono uno ciascuno, scorrendo le pagine. Pietro aveva utilizzato registri contabili per la partita doppia. Le annotazioni erano precise e ordinate, da vero ragioniere, e svelavano le generalità delle persone che l'uomo teneva in pugno.

Marini puntò un dito.

«Nella lista dei debitori c'è anche il nome del sospetto complice che Magris ci ha segnalato: Francesco Callè.»

Teresa diede un'occhiata. Il debito, gonfiato enormemente dagli interessi, non era ancora stato saldato. Trovò poi l'appunto relativo ad Alessandro Leban, che aveva restituito un terzo della somma avuta in prestito.

Le annotazioni attraversavano un arco di tempo lungo più di trent'anni.

«All'inizio gli importi erano cosa di poco conto» notò Marini. Sfogliò qualche pagina anche del tomo di Teresa. «Nel suo sono più recenti e le cifre rilevanti.»

Era accaduto qualcosa nel frattempo. Teresa aveva un sospetto, sfogliò le pagine a ritroso.

«Se si sommano gli importi dati a prestito nello stesso periodo, i fondi di cui disponeva erano ingenti.»

«Fa pensare che il traffico di sigarette non basti a giustificarli.»

«Di sicuro non la pensione minima che percepiva.»
«E allora...?»

Teresa provò nausea, quando rispose.

«Lo sai, ma nemmeno tu hai il coraggio di dirlo. Quanto frutta la tratta di esseri umani? Quanto può valere un bambino?»

Trovarono risposta negli appunti relativi al 1995 e al 1996.

Marini chiamò accanto a sé il fotorilevatore per i primi scatti.

«Quel bastardo si è arricchito indicando ai *passeur* il percorso più sicuro. Ogni viaggio, erano un bel po' di soldi.»

Teresa attese che i flash scattassero più volte, poi girò la pagina.

Prese un respiro profondo. Marini lesse a voce alta la descrizione che accompagnava l'operazione del 31 ottobre 1995, ma si fermò dopo poche sillabe. Era troppo anche per lui.

Vendita di un capretto da latte.

La cifra non era indicata, ma da quel momento in poi le disponibilità finanziarie di Pietro erano lievitate.

Indugiarono a lungo chini sui libri, parlando poco, solo il necessario. Avevano entrambi scelto il pudore davanti a un bambino ceduto al male.

Non trovarono altre informazioni, nessun contatto che potesse mettere in relazione Pietro a un trafficante internazionale di esseri umani. Il vecchio aveva deciso di portarsi il segreto nella tomba, forse perché era l'unico ad avere il potere di spaventarlo.

Alla fine, imbustarono i libri e li consegnarono a Parisi perché venissero repertati. Anche il collega scelse di non dire nulla, stranamente impacciato nel prenderli tra le braccia. Pesavano, Dio solo sapeva quanto dolore contenevano. Una maledizione, forse, nata dallo spregio verso la vita umana, che imbrattava ogni singola fibra delle pagine. Marini restò con le mani sul tavolo, il viso stravolto.

«Che idea si è fatta? Mi sfugge qualcosa di quell'uomo. Perché Pietro ha parlato con noi? Perché arrivare così vicino al pericolo e rischiare di essere scoperto? Ci ha messi sulla strada per scoprirlo.»

Teresa invece un'idea se l'era fatta.

«Perché? Perché aveva quasi novant'anni. Pensi che sentisse di avere qualcosa da perdere? Che avesse paura di noi? Eravamo solo un diversivo in una vita fin troppo abitudinaria, ormai, qualcuno gli aveva già tolto tutto ciò che gli importava, la sua casa, la libertà. I giorni del rischio e della gloria erano alle spalle, lo aspettavano tempi lugubri. Le parole chiave per comprenderlo sono solitudine, noia, lutto.»

«Lutto?»

«Molti pensano che il lutto si riservi solo a qualcuno che amiamo, a qualcuno di esterno, intendo. Ma noi amiamo anche noi stessi, o almeno così dovremmo. Elaborare la vecchiaia comporta attraversare un lutto, significa fare i conti con tante perdite, ultima quella della vita. E una delle prime fasi del lutto è la rabbia. Molte persone, piene di questa rabbia, desiderano far soffrire chi sopravvive, rovinare vite. Pensa ai genitori che si rifiutano di riconciliarsi con i figli in punto di morte, o viceversa. Pietro si era sentito tradito dalla comunità, forse. Rifiutato, messo da parte come un oggetto vecchio e rotto, ma lui di quella comunità conosceva molti segreti scomodi.»

«Sì, me lo immagino stramaledire tutti dalla tomba.»

Teresa tolse i guanti. Il lattice schioccò quando si appallottolarono di botto.

«Ahi ahi, Marini. Stai parlando di qualcuno che conosci?»

«Ma le pare.»

«Così sembrava.»

«A lei soltanto.»

Teresa gettò i guanti nel sacco che avevano usato per raccogliere i rifiuti dell'ispezione e mollò la presa sull'ispettore.

«Pietro era un uomo spietato e rancoroso, con un segreto orribile che avrebbe potuto rovinare la vita di altri. Un segreto con cui li teneva in pugno, e in questo modo poteva sentire di avere ancora un po' di potere.

Sentiva la morte vicina e ha colto l'occasione per far venire alla luce la verità nel modo più tormentoso per tutti.»

Magris li raggiunse.

«Ho saputo dei libri.»

Teresa fece un cenno verso il cortile, dove Parisi li stava caricando in macchina.

«È tutto scritto lì dentro, ma non ci sono i nomi dei trafficanti.»

«Io ho comunque una buona notizia e due pessime. So dove trovare il nostro sospettato.»

«Le due pessime?»

«Ha passato il confine e dobbiamo fare in fretta, se vogliamo riaverlo vivo.»

«Riaverlo?»

Secondo quanto riferito dall'informatore di Magris, Francesco Callè al momento era trattenuto all'interno di un night club di Nova Gorica, in attesa di incontrare il boss con cui si era indebitato. Il locale era chiuso. Teresa e Marini lo stavano piantonando da un parcheggio dall'altro lato della strada, a un centinaio di metri di distanza.

Marini giocherellava con la maniglia della portiera da quando erano arrivati.

«Callè sapeva di avere conti in sospeso con questa gente. È stato pazzo ad attraversare il confine.»

Teresa non lo trovava sorprendente. Era solo questione di tempo. Aveva visto intere famiglie distrutte dalle dipendenze.

«La ludopatia annubila la mente. Il gioco è un richiamo più forte di qualsiasi altro pensiero. Puoi stare fermo, per favore?»

«Non ci riesco.»

Lei si chiese se avesse mai affrontato una situazione simile prima di allora o se spettava a lei iniziarlo.

Il confine tagliava la città, la dogana ormai era solo

un presidio sguarnito ai lati di una via trafficata. I casinò ammiccavano luccicanti e colorati, tra aiuole curate e bistrot. In Italia, a pochi minuti a piedi da lì, Magris attendeva con i suoi uomini e le armi d'ordinanza che gli avevano lasciato in custodia. Teresa era stata categorica nel voler andare disarmata. Callè era nelle mani di gente abituata a trattare e che, come lei, non aveva alcun interesse a scatenare una sparatoria. Era molto più semplice negoziare con la criminalità organizzata che con un assassino seriale.

Marini non ne aveva voluto sapere di attendere con i colleghi, ma non era riuscito a tenere per sé i dubbi.

«Perché non ci va Magris?» le aveva chiesto, attento a non farsi sentire dagli altri. Si era ricordato del curriculum del commissario.

Teresa allora gli aveva svelato qualcosa di lei.

«Perché sono qualificata per le negoziazioni e voglio andare a riprendermi l'unico testimone che ci è rimasto.»

Avrebbero atteso l'arrivo del boss per entrare in scena. Teresa voleva essere sicura di parlare con chi aveva il potere di decidere della vita e della morte di Callè, senza rischiare di mandare tutto a monte e non rivedere più il suo testimone.

«È lui!»

Marini era scattato sul sedile.

«Lui chi?»

«Callè.»

Marini lo riconobbe quando il sospettato uscì portato a braccia fuori dal locale. I due uomini che si stavano occupando di lui erano enormi. A giudicare dagli abiti e dalle movenze, erano i gorilla di un pezzo grosso. Professionisti della mafia. Attendevano nel piazzale reggendo l'uomo frastornato, uno di loro era impegnato in una telefonata.

Teresa faticò a mettere a fuoco Callè, ma l'ispettore insistette.

«È l'uomo che Pietro aveva maltrattato, quando lo abbiamo conosciuto.»

Teresa finalmente ricordò l'episodio della cantina. Pietro lo accusava davanti a tutti di essere un buono a nulla, di aver perso una fortuna al gioco. Tormentava la preda sapendo che loro erano della polizia. Voleva intimorirlo, dimostrargli che avrebbe potuto fare qualsiasi cosa.

La telefonata era terminata. Due veicoli, un SUV e un Hammer, accostarono al marciapiede a pochi metri dall'uomo e i suoi aguzzini. Callè fu spinto verso la strada.

Marini tirò la leva e fece scattare la serratura, ma non spalancò la portiera.

«Hanno cambiato i piani. Lo stanno portando via.»

Teresa imprecò. Perderlo adesso era perderlo per sempre.

« Andiamo. »

Scesero dall'auto e si avvicinarono a piedi.

Callè sembrava disorientato, poco lucido, o forse era solo terrorizzato. Strizzava gli occhi come se faticasse a mettere a fuoco persone e cose.

Dal SUV smontarono altri due tirapiedi.

Gli assestarono uno schiaffo ciascuno facendolo ruotare su se stesso.

Teresa iniziò a correre, ignorando il richiamo di Marini, ma le sembrava di essere ferma, di avere due blocchi di cemento al posto delle gambe.

I tirapiedi fecero salire Callè sull'Hammer, colpendolo con un pugno al fianco al primo segno di protesta.

Teresa sfilò il tesserino e lo alzò.

« Polizia italiana! Vogliamo parlare con quell'uomo. »

Gli uomini si voltarono verso di lei. L'avevano vista e sentita, ma richiusero la portiera in fretta e salirono sul SUV.

Teresa non si fermò, il fiato corto e tutto il resto che scricchiolava. Si stava rendendo ridicola e, peggio ancora, stava fallendo a causa di un corpo lontanissimo dall'essere al suo servizio. I due veicoli erano sul punto di immettersi nel traffico, che non aveva nemmeno rallentato alla scena.

Teresa incespicò e cadde, a pochi metri dal traguardo. Finì lunga distesa sul marciapiede. Marini fu accanto a lei, l'aiutò a rialzarsi.

«È troppo tardi, commissario.»

«Perché diavolo non li hai fermati?»

Conosceva la risposta e la faceva infuriare. Le era rimasto vicino perché l'aveva vista in difficoltà.

Teresa afferrò un sasso dall'aiuola e lo lanciò con un grido di rabbia. La pietra tracciò un arco e si schiantò sulla fiancata del SUV, lasciando un'ammaccatura.

«Cazzo.»

«Cazzo.»

Gli stop rossi dei due veicoli si accesero, poi si spensero. Teresa e Massimo li guardarono ripartire, percorrere la rotonda e tornare a fermarsi davanti a loro. Scesero i due tipi di poco prima e controllarono il danno.

Marini si tolse l'orologio e lo lasciò scivolare nella tasca.

«Grazie, commissario. Davvero.»

«Non pensare di metterti a discutere con questi.»

«Discutere? *Li ha visti?* Mi massacreranno.»

Teresa mostrò di nuovo il tesserino.

«Siamo poliziotti italiani e siamo disarmati.» Indicò l'Hammer. «L'uomo che avete preso... lo stavamo seguendo. È un sospettato. Dovete lasciarlo andare.»

I due non risposero, li perquisirono con gesti efficienti e rapidi. Erano davvero dei professionisti.

Marini fulminò Teresa, mentre uno dei tipi gli frugava tra le gambe.

«C'è una possibilità che siate della polizia slovena? No? Peccato.»

Teresa cercò di guardare dentro l'Hammer, ma un

energumeno la bloccò. Lei gli tolse la mano dal proprio braccio.

«È un cittadino italiano e chiaramente non vuole venire con voi.»

«Appartiene a Dragan.»

L'accento slavo era pesante.

«Dragan è il vostro capo? Voglio parlargli.»

Marini l'afferrò per un gomito.

«Ha battuto la testa?»

Perché tutti la toccavano? Si liberò anche da lui.

«Non è necessaria la tua presenza.» Si rivolse ai due. «Ditegli che una poliziotta italiana chiede di parlargli, mi bastano cinque minuti, e ditegli anche che gliene sarei molto grata.»

Marini sembrava sconvolto.

«*Grata?* Ora vuole scendere a patti con la mafia?»

Teresa lo prese per il bavero e tirò per farlo abbassare.

«Se quell'auto parte con Callè dentro, ho la sensazione che non lo rivedremo.»

«Esattamente quello che accadrà a noi, se andiamo con loro. E quella non è un'auto, è un blindato antisommossa.»

«Io ci vado, tu resta.»

«Non posso restare, se lei ci va.»

Uno dei due uomini aprì la portiera del SUV, mentre l'Hammer con a bordo Callè era già ripartito.

« Se la signorina ha finito, Dragan dice che vi incontrerà. Adesso. »

Teresa non esitò, Marini cedette dopo un'occhiata torva.

« Sarei io la signorina? »

Rimediò uno spintone.

Presero posto quando le ruote si stavano già muovendo. Teresa aveva appena fatto in tempo a cercare con lo sguardo Magris e fargli un cenno con la mano: aveva tutto sotto controllo. Sperava fosse così.

Marini si chinò sul suo orecchio.

« Sta succedendo davvero? »

Teresa continuò a guardare avanti.

« Scommetto che non sottovaluterai più la provincia. »

« Questa volta finisce male. »

« Te l'avevo detto di non venire. »

L'uomo seduto sul sedile del passeggero si voltò.

« State zitti. »

Marini si passò le mani sul viso.

« Finirà *molto* male. »

« Ho detto zitti! Dovete consegnarmi i telefoni. »

Lo fecero. Teresa ignorò l'espressione furibonda con cui l'ispettore la fissava.

« Puoi guardare da un'altra parte? »

Dietro il vetro dei finestrini sfilavano le luci eterne

dei casinò, ma presto le strade furono quelle dei palazzi residenziali e dopo ancora i rettilinei della periferia.

Marini si sporse in avanti.

«Abbiamo cambiato idea. Scendiamo qui.»

Non lo degnarono di un'occhiata. Nemmeno il suo movimento li mise in allarme. Uno di loro gli soffiò il fumo di un sigaro in faccia, prese il cellulare e fece una chiamata, parlando in sloveno.

Marini guardò Teresa.

«Sta organizzando il modo in cui si sbarazzeranno dei nostri cadaveri. Lei preferisce il bosco o il mare, commissario?»

Teresa lo prese per un braccio e lo rimise al suo posto. Avrebbe voluto prenderlo a scappellotti.

«Datti una calmata.»

Le auto entrarono in un campetto di calcio dall'aria abbandonata e si fermarono davanti a quelli che dovevano essere stati gli spogliatoi.

Li fecero scendere.

«E adesso?» mormorò Marini.

«Parlo io.»

Una terza auto varcò il cancello del parcheggio e sfilò lentamente davanti a loro prima di fermarsi. I vetri dell'R8 grigio selce erano oscurati. Nessuna portiera si aprì. Dragan, sempre che fosse davvero lì dentro, li stava valutando per decidere se valevano la scocciatura.

I suoi scagnozzi li circondarono. Uno prese a girargli

attorno. Era il tipo del sigaro. Fece per spegnerlo sul cappotto di Marini, ma lui fu più veloce e gli afferrò il polso, stringendo fino a farglielo gettare. Teresa non sospettava tanta forza, né risolutezza. L'ispettore si era stancato di giocare e faceva sul serio. Era una sorpresa molto interessante e lo fu anche per i loro ospiti. Non ci furono reazioni, se non quella di guardare verso l'R8 e attendere un comando. Il potere di Dragan arrivava fino a ridurre all'immobilità i suoi uomini, anche davanti a quello che per gente come loro rappresentava un palese insulto. Erano soldati, non semplici tirapiedi.

La portiera finalmente scattò.

Dragan era giovane, capelli rasati e tatuaggi fino al mento. Sotto la giacca da motociclista, portava solo una maglietta. Era un bel ragazzo, con i lineamenti duri e puri dell'Europa dell'Est. Un bel ragazzo votato al male. La squadrò con un sorriso non privo di scherno.

«Come ti chiami?»

«Teresa Battaglia. Tu?»

Il sorriso si allargò.

«Non sembri una poliziotta. Sembri mia nonna.»

Teresa non reagì.

Dragan la osservò da vicino, le mani nelle tasche dei calzoni.

«Riesci a correre?» Indicò i suoi uomini. «Mi hanno detto di no. Come fai a prendere i cattivi?»

Risero di lei.

«Non riesco a correre, ma lancio bene i sassi.»
Guardarono tutti la fiancata del SUV.
Dragan si avvicinò fin quasi a sfiorarla. Non doveva avere più di trent'anni. Si accese una sigaretta.
«Hai paura?»
Glielo domandò in un tono così casuale, che Teresa pensò di avere frainteso.
«Ti ho chiesto se hai paura.»
«Di te? Ho incontrato persone peggiori.»
«Stronzate da poliziotto.»
«Guarda che ho chiesto io di incontrarti.»
Lui socchiuse gli occhi, aspirò a fondo e fece ben attenzione a soffiare il fumo lontano dalla sua faccia.
«E cosa facevano queste persone peggiori?»
Lei si strinse nelle spalle.
«Tante di quelle cose che nemmeno immagini.»
Dragan sorrise, ma tornò subito serio. Psicologia spiccia, pensò lei. Era interessato.
«Allora cosa? Droga? Armi?»
«Ma va, no.»
«Peggio?»
«Peggio, sì.»
Lui gettò la sigaretta. Uno dei suoi uomini fu svelto a passargli un pacchetto di caramelle. Teresa lo indicò.
«Me ne offri una?»
Gliela offrì. Teresa la scartò senza fretta. Le mani non tremavano. La infilò in bocca e masticò.

«Se non te lo dico, ci starai a pensare tutta la notte. E va bene, te lo dico. L'ultimo l'ho preso due settimane fa. Ne avrai sentito parlare. Strappava occhi, orecchie e naso alle vittime, da vive. Uomini, donne... non faceva differenza.»

«Anche la pelle» le ricordò Marini.

«Giusto, anche la pelle. Me lo sono andato a prendere da sola, al buio.» Sostenne il suo sguardo senza batter ciglio. «Ti sembro ancora tua nonna?»

Dragan smise di tergiversare.

«Che cosa vuoi?»

«L'uomo che sta nell'altra macchina.»

«Te lo posso dare a pezzi, dentro i sacchi dell'immondizia.»

«È un problema, perché mi serve vivo.»

Dragan indicò la strada da cui erano arrivati.

«Dovrete tornare a piedi. Buona passeggiata.»

Si voltò e fece cenno ai suoi di andarsene. Teresa alzò la voce.

«Bella, la maglietta che indossi. La rossa aquila a doppia testa della bandiera albanese. Ma tu non sei albanese.»

Dragan si era fermato. Teresa continuò.

«Kosovaro, forse, se quella bandiera la senti come tua.»

Il mafioso si voltò.

«Mio padre è un albanese kosovaro.»

«Magari anche di fede islamica.»//
«Perché ti interessa?»
Teresa gli andò incontro.
«Perché forse allora puoi capire, conosci l'inferno che erano i Balcani.»
«Troppo bene.»
«L'uomo che tieni in quell'auto ha partecipato al rapimento di un bambino di quattro anni, vent'anni fa. Il piccolo era un profugo della Bosnia ed Erzegovina, preso sulla rotta per il Nord Europa, e venduto a chissà chi. Io lo sto cercando per riportarlo dalla madre.»
Dragan indicò il SUV.
«Quello là, dici?»
«Lui.»
«Mi stai prendendo per il culo.»
«No. Tu lo vuoi uccidere per soldi. Ma sono solo soldi e in ogni caso non li riavrai. Qui c'è altro sul piatto...»
Lasciò la frase incompiuta, offrendo a lui la possibilità di riempirla. Ciò che avrebbe fatto nei secondi successivi sarebbe dipeso da quanta coscienza gli era rimasta.
«Cosa mi dai in cambio?»
«Nulla. Non posso offrirti nulla.»
«Non ci guadagno niente.»
«Non direi, ma sta a te capire cosa.»
Rise di gusto.

«Ah, poliziotta. Non ci riesce la mia famiglia a convertirmi, pensi di farlo tu?»

Un telefono segnalò l'arrivo di una notifica con la fischiatina di *Per un pugno di dollari*, nell'intervallo di tempo in cui Teresa avrebbe dovuto dire la propria battuta.

Sul volto di Dragan un sopracciglio scattò verso l'alto.

«Di chi è?»

Lei si arrese all'ovvio.

«È il mio.»

Il mafioso allungò una mano, il palmo rivolto verso l'alto. Il telefono gli fu consegnato.

«È il cellulare di servizio, ti avverto.»

«Uh, dici che sto commettendo un reato?»

Era quasi simpatico.

«Ti è arrivato un video, commissario.» Lo avviò ridendo. Si sentì una vocina intonare *The Chain*, accompagnata dalla chitarra acustica. L'espressione di Dragan mutò e glielo restituì. Possibile che fosse stato il pudore a fermarlo?

«Tua nipote.»

Teresa ne fu così sorpresa che per un istante esitò a riprendere il telefono.

«Io non ho...»

Riavviò il video. Chiara cantava per lei, la stessa canzone che Teresa aveva usato per entrare nel cerchio della sua fiducia. La fatina dei boschi si era trasformata in una piccola donna sicura di sé. Che piglio, quanta passione. Cantava di un amore negato e di una catena che nessuno aveva intenzione di spezzare. Era certa che Chiara avesse declinato il significato del testo alla propria esperienza di emarginata. Non si vergognò di mostrarsi commossa quando guardò Dragan.

«Sai quanto le è costato mandarmelo?»

«Che cosa ne so io?»

«Non è mia nipote, è una testimone in questo caso.» Gli agitò contro il telefono. «Questa bambina ha avuto un coraggio che tu non puoi nemmeno immaginare. È andata contro tutti per salvare un bambino che nemmeno sapeva esistesse.»

«Bambini, bambini. Li tiri fuori dal cappello per convincermi? Quanti ce ne sono ancora?»

«*Tanti*. E sono bambini venduti.»

Si guardarono negli occhi per un momento, poi Dragan andò verso la macchina, aprì la portiera e tirò fuori Callè, trascinandolo per i capelli.

Lo rimise in piedi davanti a Teresa.

«Dille quello che sai del bambino.»

Callè li guardava a turno, disorientato.

Dragan lo colpì con uno schiaffo che quasi lo tramortì.

Teresa si mise fra i due, calma.

«Possiamo evitare la violenza?»

«Vuoi che parli o no?»

«Sì, ma la polizia usa altri metodi.»

Dragan alzò le mani e fece un passo indietro. Teresa si rivolse a Callè.

«La notte del 31 ottobre 1995 tu e Pietro Arturo avete rapito un bambino, un profugo della rotta balcanica. Voglio sapere tutto quello che ricordi. Che ne è stato di lui? A chi lo avete venduto?»

Lui negò con forza.

«Non lo so, non lo so, giuro! Io ho solo falsificato i documenti.»

«A chi lo avete consegnato? Quante volte lo avete fatto?»

«Non c'ero! E non lo avevo mai fatto prima! Pietro mi ricattava per i soldi che gli dovevo, ho dovuto fare quello che chiedeva, era capace di qualsiasi cosa, ma io quella notte non c'ero. Se n'è occupato lui.»

Dragan fece un cenno e il suo sgherro inchiodò Callè al muro con una violenza impressionante. Quando la testa si scontrò con il cemento, Teresa pensò che le ossa si fossero rotte.

«Così lo uccidi!»

Scostò l'energumeno con una spinta e si chinò per esaminare la ferita. Callè era vigile, piangeva e chiedeva di essere portato in prigione.

Dragan lo sfiorò con la punta della scarpa. L'altro sobbalzò come se avesse ricevuto un calcio.

«Non sa niente davvero.»

Teresa non riuscì a provare compassione per lui.
«Lo credo anch'io.»
«Se vuoi, però, possiamo fare sul serio.»
«*No*. Grazie.»
«E adesso che fai, poliziotta?»
Lei si rialzò.
«Lo trovo lo stesso, il figlio che si sono presi.» Avevano il suo sangue. Parri era a un passo dall'ottenere il profilo genetico completo. Teresa avrebbe seguito quel filo rosso fino in capo al mondo. Indicò Callè, ancora a terra. «Lui me lo porto via. Il suo complice è morto, almeno uno deve pagare, in prigione.»

Dragan non obiettò. Forse immaginava i modi in cui in carcere un trafficante di bambini veniva rieducato dai compagni, e li giudicava equi.

«Vi faccio portare al confine. Te lo scarichiamo in Italia.»

Marini caricò Callè in auto e aiutò Teresa a salire.

Prima che lei chiudesse la portiera, Dragan le fece una domanda.

«Che ne è del tipo che si prendeva le facce della gente? Sta in prigione?»

«No, non sta in prigione. Lo stiamo aiutando.» Al suo sguardo interrogativo, Teresa sentì di dover spiegare. «Aveva le sue ragioni, per quanto possa sembrare assurdo.»

Dragan fece un mezzo sorriso, pensieroso. Diede un

colpo al tettuccio, l'autista mise in moto. Il mafioso la lasciò andare con un avvertimento.

«Voglio sentire che l'hai riportato il figlio a quella donna, o ti vengo a cercare.»

Però la salutò con la mano aperta.

40

Teresa era corsa da Anbar in un'alba rosa, la vigilia di Natale. In lontananza, le cime si offrivano innevate al primo chiarore del giorno, ma le stelle non avevano ancora fatto in tempo a scomparire. I paesini illuminati sulle colline e alle pendici dei monti sembravano presepi in attesa della Natività.

In quel quadro antico eppure straordinariamente attuale, Teresa portava con sé la notizia di un bambino ritrovato. Lo riponeva idealmente tra le braccia della madre.

Si sorprese a pensare quanto fosse stato facile, una volta presa la decisione di non distogliere lo sguardo.

Suljo era vivo. Il suo DNA era un codice a barre nel database inglese delle persone ritrovate e ancora senza identità che aveva segnalato una corrispondenza esatta con la combinazione estratta da Parri.

Quel bambino ora era un ragazzo che stava organizzando quello che fino a poco tempo prima avrebbe creduto essere il suo primo viaggio in Italia.

Nel corso degli ultimi anni, Suljo era andato più volte in Bosnia ed Erzegovina a cercare le proprie origini, a cercare sua madre, senza immaginare che Anbar fosse rimasta esattamente dov'era, ad aspettarlo a metà strada, spaventata dal fare un passo avanti o indietro, e perdere per sempre l'orientamento, mescolandosi al resto del mondo.

Teresa la incontrò assieme a Nikola, nella casa in cui per vent'anni aveva piantato la bandiera della propria resistenza, e dove il cammino interrotto aveva finalmente trovato compimento. Come in una fiaba, il bosco stava per aprirsi e restituire il cuore sottratto.

Le mostrò la foto del giovane uomo che suo figlio era diventato. Le spiegò che il suo nome ora era Henry, ma che non l'aveva mai dimenticata.

Anbar accarezzò l'immagine a lungo, cospargendola di piccoli baci, felice di vedere quanto sembrasse forte e con lo sguardo buono.

Teresa non aveva dubbi. Nelle iridi il ragazzo portava il marchio del sole, come la madre, quell'ambra che le rendeva splendenti e docili, e selvagge allo stesso tempo. Sulla fronte, appena coperta dai capelli scuri, faceva capolino la linea schiarita di un'antica cicatrice.

Anbar le chiese se suo figlio avesse avuto una buona madre in tutti quegli anni e lei decise di lasciare a lui il racconto della vita rocambolesca che aveva avuto, del modo in cui era stato salvato a otto anni dalla prigionia in cui era stato tenuto per lavorare come schiavo in una grande metropoli europea, a due passi dalle vie del centro finanziario, piccolo cuore disperato che nessuno sentiva battere. L'associazione per i diritti umani che all'inizio se ne prese cura riuscì a tracciarne la zona di origine dall'inflessione con cui parlava, ma nei registri ufficiali e in quelli degli scomparsi sembrava non esistere. La guerra aveva cancellato la sua identità e probabilmente sterminato un'intera famiglia. Almeno, l'organizzazione criminale che lo aveva rapito era stata smantellata, anche se con un ritardo di anni.

Teresa asciugò le lacrime di Anbar.

«Ha avuto una buona madre, sì.»

Nikola tradusse senza riuscire a nascondere l'emozione.

«Dice che vuole ringraziare quella donna.»

Teresa le strinse le mani.

«Tuo figlio sta arrivando per riabbracciarti. Sta venendo a prenderti.»

Era certa che nemmeno la malattia sarebbe stata più forte di quel momento: non avrebbe mai dimenticato il sospiro con cui Anbar lasciò andare il dolore, si liberò da ogni pena, da ogni catena.

La donna circondò Teresa con il proprio scialle, la accarezzò, la tenne stretta a sé in quel cerchio caldo di fili invisibili che erano le sotterranee corrispondenze che le avevano fatte incontrare.

Restarono così a lungo, fronte contro fronte, senza dire una parola.

Teresa e Andreas erano quasi giunti alla fine del libro, alla fine di una storia in cui il padre aveva difeso il bambino da un mondo e un'umanità malati, e infine era il bambino a doversi prendere cura del padre, a prepararsi per l'addio.

Teresa e Andreas attraversarono insieme il dolore sulla punta delle lettere, si immersero nel ventre caldo e buio dell'amore per un figlio, li osservarono patire e stringersi, cercarsi e guardarsi come se fossero, e lo erano, la cosa più preziosa al mondo l'uno per l'altro.

Quanta tenerezza.

Era una storia iniziata con la mano del padre che saggiava il movimento del petto del figlio. Terminava col figlio che di notte si svegliava e tendeva l'orecchio per sentire se il padre respirava.

Più e più volte Teresa era incespicata nelle parole, rischiando di ruzzolare lungo il pendio dei ricordi, che portava sempre là, sulla cicatrice che la divideva in due sulla retta dell'ombelico, come aveva diviso in due la sua esistenza, spartiacque di vita e di morte, di rinascita celebrata sul sacrificio e sulla perdita, e che in momenti come quello si risvegliava con il bruciore di un inferno sepolto.

Lesse l'ultimo capoverso, lesse di forre profonde in cui ogni cosa era più antica dell'uomo e vibrava di mistero. E quelle pagine erano state un mistero rivelato a entrambi. Teresa conosceva la storia, l'aveva letta tante di quelle volte da non temerla più, ma la rilettura le insegnò di nuovo qualcosa, facendole vedere sotto la luce morbida della compassione il padre di Chiara, che assieme alla figlia stava attraversando la notte per arrivare a toccare l'alba e, come il padre del romanzo, in quella notte restava in allerta.

Chiuse il libro, sapendo che aveva lasciato in loro un'eco che li avrebbe accompagnati a lungo.

«Domani è Natale, Andreas. È un giorno in cui le famiglie si riuniscono. Chi si ama si cerca, per stare assieme. E io domani torno.» Esitò. «Possiamo iniziare una nuova storia.»

Lui stava fissando il libro.

«Guardami, Andreas.»

La guardò. Teresa sorrise.

«Il bambino ha trovato chi si prenderà cura di lui. È la vita. Tu lo hai fatto, a modo tuo ti sei preoccupato per altri. Sei stato padre di bambini non tuoi. Che magia, vero? E se me lo permetti, io resterò accanto a te.»

Che incanto era l'umanità dolente, alla quale entrambi appartenevano. La bellezza sacra e commovente della fallibilità. Nell'incavo oscuro delle crepe, in quei frammenti d'infinito che erano le anime spezzate, l'essere umano risplendeva.

Teresa gli sfiorò la fronte con un dito.

«Darei qualsiasi cosa per conoscere i tuoi pensieri. Chissà che stramba devo sembrarti, con questi capelli.» Se li arruffò. «Un giorno ti racconterò la storia del loro colore.»

Che stramba, e che impacciata. Che animale malconcio doveva sembrargli. E lei voleva fargli da madre.

Teresa notò una macchia di colore alle sue spalle, che fino a quel momento non aveva intravisto. Andreas doveva essersi spostato leggermente sulla sedia.

Lei si alzò.

Il nuovo disegno era molto diverso dai precedenti, ma il tratto era inequivocabilmente quello.

La volpe stava seduta e osservava Teresa dalla carta, accoccolata nella coda folta. Pelo fulvo come fiamme – come i suoi capelli –, e occhi nocciola, bistrati, che raccontavano un'intelligenza vivace e un'indole assertiva, ma anche un mistero profondo. Sembrava sorridere.

Teresa staccò il disegno.

Sul petto dell'animale, Andreas aveva disegnato il ciondolo di labradorite.

Una lacrima ticchettò sul foglio e si allargò.

«Sono io.» Non era affatto malconcia. «Una volpe. Una volpe!» Rise, a cuore aperto. «È *splendida*.» Lo era. Tanto bella e simile a quella disegnata da Chiara, sul cartoncino che aveva fatto scivolare giù dalla finestra verso Teresa. Era lei la volpe, anche in quel disegno? Rossa e lucente, seguiva i passi di un bambino scomparso verso la soluzione di un enigma?

Teresa aveva il cuore in subbuglio. Quante coincidenze, quante incredibili simmetrie. Ricordò il romanzo visto di sfuggita nella camera di Chiara.

Si ricompose, prima di voltarsi.

«C'è un libro in cui la volpe rappresenta l'amicizia.» Sedette, accarezzò il disegno. «Sai che cos'è l'amicizia? C'era un bambino che non lo sapeva e allora una volpe decise di farsi addomesticare da lui, per insegnarglielo. 'Che cosa vuol dire addomesticare?' chiese il bambino. La volpe rispose: 'Vuol dire creare dei legami... Se tu mi addomestichi, noi avremo bisogno l'uno dell'altra. Tu sarai per me unico al mondo, e io sarò per te unica al mondo'. Domani ti racconterò la storia di una volpe e di un Piccolo Principe.»

Teresa rimase senza parole.

Gli occhi di Andreas risplendevano. Sembravano quasi sorridere. Stavano sorridendo.

42

Era una vigilia di Natale molto speciale. Si attendeva la mezzanotte per festeggiare il compleanno di Chiara.

Per una volta, Teresa aveva derogato a una delle proprie regole fondamentali e, con il permesso dei genitori della bambina, concesse un'intervista alla stampa assieme a Magris e alle rispettive squadre, facendo partecipare anche Chiara. Glissando sui particolari del suo coinvolgimento nella risoluzione del caso, Teresa e Magris stettero ben attenti a rimarcare che, senza il suo aiuto e quello dei genitori, Anbar e Suljo non si sarebbero mai ricongiunti. Chiara, i lunghi capelli biondi e il visino sorridente che spuntavano da sotto il cappellino della polizia, le mani dalle unghie azzurre strette in quelle di mamma e papà, incantò la platea presente nella sala predisposta per l'occasione.

Come trasformare un mostro temuto da tutti in un supereroe, commentò soddisfatto Marini, alla fine.

Così sembrava, a giudicare dalla folla presente alla festa che seguì a casa dei Leban. Teresa aveva pensato la stessa cosa, non senza fastidio, ma in conclusione aveva deciso che l'essere umano richiede indulgenza.

«Non viviamo in un mondo ideale, Marini. A volte, anche l'empatia ha bisogno di un piccolo incoraggiamento.»

La casa sulla collina scintillava. Quel pomeriggio aveva nevicato, i rami degli alberi erano nuvole di ghiaccio che sfioravano terra e che al crepuscolo si erano tinte di sfumature violette. Le luminarie erano accese, alcuni grossi ceppi erano stati incisi a croce e ora ardevano lentamente, sprigionando calore e scintille che salivano nell'aria fino a spegnersi in un profumo di resina.

Giulia aveva preparato delle tavole imbandite sotto l'abete più imponente, le panche foderate di morbide coperte. Il cibo era caldo e fragrante. Al centro del cortile, scoppiettava un grande falò.

Teresa e Marini sedevano vicini. Quella mattina, lui si era offerto di accompagnarla.

«Passo a prenderla, se le fa piacere.»

Lei aveva finto indifferenza.

«Se vuoi. Hai stampato una copia del comunicato per Ambrosini?»

«*Che entusiasmo...* Certo che l'ho stampato.»

No che non lo aveva stampato. Lo fece di nascosto.

«A volte sembriamo una vecchia coppia di cazzoni, Marini.»

«Lo siamo, temo.»

Era riuscito a farla ridere. Ed era passato a prenderla.

Alessandro Leban comparve alle loro spalle e riempì a tradimento i bicchieri di vin brulé, ignorando le loro proteste. Posò la mano sulla spalla di Teresa e la strinse a sé in un breve abbraccio. Lei sentì il calore di quel gesto riparare tutto ciò che l'attrito aveva incrinato.

«Mangiate, mangiate» li invitò prima di dedicarsi agli altri ospiti, ma fino a quel momento nessuno si era risparmiato.

Marini sorseggiò il vin brulé. Teresa lo guardò, pensierosa.

«Quanti ne hai bevuti?»

«Chi vuole che tolga la patente a un poliziotto.»

«Farò finta di non aver sentito...»

«Quindi, secondo lei Chiara ha soltanto ricordato quello che Pietro le disse un giorno, tra un gioco e l'altro?»

Il suo alito profumava di cannella e ginepro.

Teresa stirò le gambe davanti a sé.

«Hai letto il rapporto, ispettore.»

«L'ho letto.» La risposta rimase come sospesa, spazzata solo dall'improvvisa risata bassa di lui. «Ci crede davvero?»

Teresa guardò Chiara. La bambina stava ondeggiando sull'altalena, i capelli fluttuanti sul viso, il tulle della gonna come una nuvola, le ali iridescenti. Metà del viso era truccato di blu e smeraldo e brillava d'oro. Quando Teresa le aveva chiesto da che cosa si fosse mascherata, le aveva risposto «da cucciola di drago». E che drago, una creatura mitica, capace di attraversare il tempo e lo spazio nell'arco di un sogno.

Chiara aveva insistito per indossare subito il regalo di Teresa: una vecchia maglietta con l'autografo di Stevie Nicks. Quando l'aveva vista, era impazzita di gioia e l'aveva abbracciata e baciata come se non la volesse più lasciare andare. Era stato meraviglioso.

Chiara ondeggiava sull'altalena, ma questa volta non era sola, un bambino vestito da Batman la spingeva con energia, mentre altri ragazzini travestiti si rincorrevano attorno a loro, ridendo. Le figure di animali quasi scomparivano nel cerchio di energie bambine: avevano perso il loro potere totemico caricato dalla solitudine. Erano solo sculture.

Rideva anche Chiara, contornata da quell'aura di luce che non veniva dagli addobbi, né dalle fiamme dei ceppi ardenti, ma da un mondo lontano, che forse in lei si sovrapponeva a questo. Allevata nella notte e dalla Notte, che non è solo buio ma costellazioni splendenti, Chiara era il frammento lucente di un grande, magnifico mistero.

Teresa scrollò le spalle, le mani nascoste tra le ginocchia. Credeva davvero che i sogni di Chiara non fossero altro che ricordi?

«No, non ci credo» ammise. «E tu?»

Lui sembrò cercare le parole più adatte.

«C'è dell'altro di... indefinibile, ma credo non ci sarà dato saperlo. Lei in che cosa crede?»

«Non sono abbastanza brilla per fare questi discorsi ed essere sincera.»

«Peccato. Mi sarebbe piaciuto conoscere la risposta.»

Dallo stereo la voce di Mina iniziò a cantare *Il cielo in una stanza*.

Marini si alzò.

«Le va di ballare?»

«Con te?»

Lui si sbottonò il cappotto e allargò le braccia.

«In tutto il mio splendore. Solo per lei.»

«Marini, quanto hai bevuto?» Teresa gli guardò le scarpe Derby affondare nella neve. «Stai per congelarti.»

«I piedi? Ho smesso di sentirli un'ora fa.»

Altre coppie stavano già ondeggiando al ritmo della musica. Anche Alessandro e Giulia erano mani che non smettevano di cercarsi. Erano così diversi, ora che lo spettro della solitudine era stato allontanato.

Marini le porse la mano.

«Coraggio, commissario. È solo un ballo, non una resa.»

«Ora mi fai apparire più dura di quanto sono» brontolò Teresa, ma accettò l'invito.

«Mai pensato questo di lei.»

«Balle.»

«Be', forse all'inizio.»

Teresa ci mise un po' a decidere da che parte girare il viso, lui si schiarì la gola un paio di volte prima di ricominciare a respirare. Almeno così le parve.

«È solo un ballo, ispettore» lo prese in giro. «Non ti giudicherò.»

Era un ballerino discreto, dopotutto, e Teresa non ballava da quanto? Un'altra vita.

«Allora, ispettore, mi vuoi dire che ci fai qui, la notte di Natale, con una vecchia signora, invece di essere a qualche festa scintillante?»

Lui sorrise. Un sorriso indolente, bellissimo.

«Per prima cosa, la signora in questione non è vecchia, è *âgée*. E no, non glielo dirò mai.»

«Lo sai, vero, che scoprirò il tuo segreto prima o poi?»

Lui la guidò in un lento casqué.

«Anch'io il suo, commissario.»

Per Teresa il tempo si fermò e ricominciò a scorrere solo quando lui la risollevò, canticchiando come se nulla fosse.

Iniziò a nevicare. Continuarono a ballare con il naso all'insù, ancora la mano di lei in quella di lui.

«Ora è tutto perfetto» disse Massimo.
Teresa sospirò.
«È l'effetto che fa Mina.»
«Buon Natale, commissario.»
«Anche a te, Marini.»

Nota dell'autrice

Nemmeno due mesi fa, *Luce della notte* non esisteva. Era solo un pensiero nato da una grave perdita, dalla necessità di non restare immobile. Riprendere i progetti sospesi e tornare alla normalità pareva impossibile. È la seconda volta nella mia vita che la scrittura mi viene incontro come una rinascita, ma sentivo che non doveva esserlo solo per me, volevo che fosse al servizio di chi quella strada – durissima – la sta percorrendo o la percorrerà: i miei proventi relativi a questo libro saranno devoluti al Centro di riferimento oncologico di Aviano, a favore della ricerca sul sarcoma di Ewing.

Ringrazio il mio Editore, tutta la squadra Longanesi e i professionisti che lavorano alacremente dietro le quinte per aver compreso il mio bisogno ed essere diventati parte di *Luce*, con la dedizione e l'amore che sempre riservano alle storie.

Ringrazio Ugo de Cresi per avermi raccontato gli aneddoti sul proteo, finiti tra queste pagine. La natura rappresenta sempre un mistero ammaliante, che Ugo indaga con passione e svela con generosità.

La citazione sugli occhi ancestrali, che a un certo punto Teresa ricorda, è presa dal bellissimo *Così crudele è la fine*, di Mirko Zilahy.

Cara lettrice, caro lettore, grazie di cuore per aver voluto essere parte di questo progetto. Come per ogni aspetto della vita, «insieme» è l'espressione di una forza che fa la differenza, solleva energie che altrimenti resterebbero latenti. Profondamente grata, vi abbraccio.

Per te, Sarah, che non hai avuto paura, che ti sei sempre preoccupata, fino alla fine, degli altri bambini, «quelli senza mamma e papà», che ci hai mostrato come risplende un frammento d'infinito.

Della stessa autrice
nel catalogo Longanesi:

FIORI SOPRA L'INFERNO

NINFA DORMIENTE

FIORE DI ROCCIA

Questo libro è stampato col sole

Azienda carbon-free

Fotocomposizione Editype S.r.l.
Agrate Brianza (MB)

Finito di stampare
nel mese di gennaio 2021
per conto della Longanesi & C.
da Grafica Veneta S.p.A. di Trebaseleghe (PD)
Printed in Italy